둘이서 하나라면

둘이서 하나라면

유자와 모과 지음

한그루

목
차

01
신라면
08

02
짜파게티
14

03
진라면
20

04
생생우동
26

05
팔도비빔면
32

06
삼양라면
38

07
채황라면
44

08
스낵면
50

09
오징어 짬뽕
56

10
사리곰탕면
62

11
진짜쫄면
68

12
안성탕면
74

13
무파마탕면
80

14
틈새라면
86

15
오!라면
92

16
수타면

98

17
해물라면

104

18
멸치 칼국수

110

19
진짬뽕

116

20
쇠고기면

122

21
너구리

128

22
진짜장

134

23
열라면

140

24
불닭볶음면

146

25
참깨라면

152

26
둥지냉면

158

27
김치라면

164

28
나가사끼 짬뽕

170

29
맛있는 라면

176

30
쇠고기미역국

182

어렸을 땐 좋아했지만, 성인이 되고 나서 먹지 않는 음식들이 있다. 햄, 소시지, 젤리 같은 것들. 어렸을 땐 싫어했지만, 언젠가부터 매일 챙겨 먹는 음식들도 있다. 현미, 당근, 사과 같은 것들. 40년 넘게 살면서, 입맛은 끊임없이 바뀌어 왔다. 싫다는 마음이 들면 그 순간부터 먹지 않았고, 좋아하는 음식이 생기면 질릴 때까지 그것만 먹기도 했다.

변덕스러운 입맛이라 할 수 있지만, 그 와중에도 꾸준하게 사랑해 온 식품들이 있다. 그중 하나가 라면이다. 라면은 어릴 때도 맛있게 먹었고, 어른이 돼서도 맛있게 먹고 있다. 3분 만에 식사를 차릴 수 있다는 점이 가장 마음에 든다. 라면은 반찬 없이도 오롯이 빛을 발한다. 라면은 가격이 저렴하고, 햇반처럼 휴대도 간편하다. 라면이 가공식품만 아니었다면, 매일 한 끼는 라면으로 해결했을지도 모른다.

나와 남편은 마트에 장을 보러 가면, 새로 출시된 라면이나 과자가 있는지 살펴본다. 새로 나온 상품을 발견하면, 감탄하며 그 향과 맛을 상상해본다. 포장지 디자인을 품평하고, 어떤 첨가물이 들어갔는지 꼼꼼히 읽어본다. 건강상 매일 먹을 수는 없으니, 시각적으로라도 즐기려는 마음 때문이다. 때로는 그것만으로도 충분한 만족을 느낀다. 그러나 도저히 유혹을 이길 수 없을 때, 라면 하나를 끓여 남편과 나눠 먹는다. 역시 맛있다.

라면은 힘이 세다.

맵기 · ●●●●◑○
특징 · 대한민국 매운맛의 기준이 되는 라면
추천 · 추천할 필요 없음, 라면 하면 그냥 신라면

신
라
면

평일 밤 11시. 남편이 식탁에 앉아 호로록 신라면을 먹고 있다. 평소라면 둘 다 침대에 누워 곤히 자고 있을 시간이다. 남편 직업은 쉽게 말하면 프로그래머다. 회사에서 전산 팀에 소속되어 있는데 이 업계에서 일하는 사람이라면 잘 알 거다. 전산 오류가 생기면 퇴근이고 뭐고 당장 해결을 해야 한다는 걸 말이다. 오늘도 퇴근 무렵 사건이 발생했다. 남편은 금방 처리할 수 있으리라 생각하고 식사도 거른 채 일을 했지만, 결국 10시가 넘어 끝이 났다. 피곤한 표정으로 들어오는 남편을 보며 최대한 상냥하게 말을 걸었다.(나도 너 기다리다 지쳤거든요.)

"배고프지? 라면 끓여줄까?"

라면은 이럴 때 먹는 거다. 한 해의 마지막 날 송구영신 예배를 드리러 가기 전 먹는 라면의 맛, 비바람이 치는 오후 창밖을 바라보며 먹는 라면의 맛, 열대야로 잠 못 이룰 때 에어컨을 틀어놓고 먹는 라면의 맛, 봄바람을 맞으며 자전거를 타고 몇 시간을 달린 후 먹는 라면의 맛. 라면은 한 끼 식사로 먹을 때보다 든든한 간식으로 먹을 때 더 맛있다.

농심에서 나온 신라면 한 개를 스테인리스 냄비에 넣고 끓인다. 조리법에는 4분 30초 동안 끓이라고 되어 있으나 둘 다 꼬들꼬들한 면을 좋아해서 그 전에 불을 끈다. 이미 한 번 튀겨진 면이니 덜 익혀도 괜찮다. 라면 봉지를 살펴보니 활활 타오르는 내 마음처럼 붉은 색깔이 주를 이룬다. 왼쪽 위에는 한자로 매울 신 자가 크게 적혀 있다. 중학교 때 본 한자 시험은 아무리 공부해도 80점을 넘지 못했지만, 신라면 덕분에 매울 신 자는 절대 잊어버리지 않을 것 같다. 나트륨은 1,790mg이 들어있는데 1일 섭취량의

90%라고 적혀 있다. 라면이 건강에 좋지 않다고 비난받는 이유 중 하나가 여기에 있다. 하지만 나트륨 섭취를 줄여보겠다고 라면 스프를 적게 넣는다면 차라리 안 먹는 게 낫지.

보글보글 끓는 라면을 식탁에 올려놓는다. 매콤한 냄새가 코끝을 스친다. 남편은 젓가락으로 사뿐히 면발을 집어 올린다. 어쩜 그리 젓가락질은 잘하는지. 딱 한입만 먹어보려 젓가락을 슬쩍 갖다 대려는데 남편이 말한다.

"이럴 거면 하나 더 끓이지 그랬니."

"아니야. 나 저녁 먹었어. 그냥 맛만 보려고."

누군가 라면을 먹고 있을 때 반대편에 앉은 사람이 흔히 하는 거짓말이다. 라면을 딱 한 젓가락만 먹을 수는 없다. 다 뺏어 먹거나 아니면 먹지 않거나 둘 중 하나다. 나는 남편에게 오늘 회사에서 어떤 일이 일어났는지 자세하게 묻는다. 그리고 남편이 질문에 답하느라 정신없는 사이에 라면을 호로록 먹어치운다.

머리를 맞대고 라면 하나를 나눠 먹는데 갑자기 남편이 라면에 관한 글을 쓰고 그림을 그리자는 제안을 한다. 자신이 라면 포장지를 그릴 테니 나는 그에 맞는 적절한 글을 쓰라는 것이다. 집에서는 건강에 좋지 않다며 라면을 거의 끓여주지 않으니 이렇게 해서라도 종종 라면을 맛보려는 남편 의도가 빤히 보인다. 그림이야 보이는 대로 그리면 되지만 라면에 대해서는 대체 뭘 써야 할까?

한국에서 인스턴트 라면이 처음 만들어진 시기는 1963년이다. 삼양식품이 정부 지원과 일본 묘조식품에서 기술을 전수받아 우리나라 최초 라면인 삼양라면을 생산하였다. 우리 아빠가 1952년생이니 아빠가 11살 전에는 라면이라는 게 뭔지 전혀 상상도 하지 못했다는 뜻이다. 갑자기 아빠에게 최고로 맛있는 라면을 끓여드리고 싶은 마음이 솟구친다.

라면은 오랜 시간 배고프고 가난한 이들의 허기를 달래주어 왔다. 작가 김훈은 《라면을 끓이며》라는 수필집에서 말한다.

"나는 오랜 세월 동안 라면을 먹어왔다. 거리에서 싸고 간단히, 혼자서 끼니를 해결할 수 있는 음식이다. 그 맛들은 내 정서의 밑바닥에 인 박혀 있다."

혼자 먹어도 어색하지 않은 음식을 고르라면 라면이 가장 만만하다. 김밥도 생각나지만 김밥은 입을 크게 벌려

신라면

야 하는 단점이 있다. 구부정하게 고개를 숙이고 혼자 라면을 먹고 있는 낯선 이의 뒷모습은 쓸쓸해 보이지만, 정작 당사자는 라면 맛을 음미하느라 고독 따위는 생각조차 하지 않을 수도 있다. 반세기 만에 대한한국을 지배한 라면의 위엄이라고나 할까.

맵기 · ○○○○○
특징 · 짜장면보다 맛있는 소스
추천 · 배달 짜장면 값에 부담을 느낀다면

02

짜
파
게
티

　　며칠 전 신라면을 먹고 흐뭇한 마음
으로 잠든 남편이 오늘도 전산 오류가 나서 좀 늦을 것 같
으니 먼저 저녁을 먹으라는 문자를 보낸다.(자꾸 그럴 거면 때
려치워.) 저녁 먹고 함께 산책을 가려던 계획이 무산되었다.
날이 추우니 만둣국을 끓여먹을까 감자를 구워먹을까 고
민하며 찬장을 열어보니 라면 몇 개가 종류별로 놓여있다.
남편이 라면 그림을 그리겠다며 슈퍼에서 하나씩 사온 거
다. 이런. 나트륨 함량이 높은 가공식품을 남편 혼자 먹게

둘 수는 없지. 남편을 도와주겠다는 심정으로 짜파게티를 고른다. 오늘이 일요일은 아니지만 짜파게티는 혼자 먹어도 맛있는 라면이니까.

팔팔 끓는 물에 짜파게티 면과 후레이크를 넣고 4분(조리법은 5분) 동안 끓인다. 이제 불을 잠시 끄고 면발이 밖으로 흘러나가지 못하게 냄비 뚜껑으로 살짝 누른 후 끓인 물을 조심스레 따라낸다. 물을 너무 많이 남기면 짜파게티 국이 되어 버리고, 너무 적게 남기면 소스를 비빌 수가 없다. 신중하게 물의 양을 조절하여 버린 후 과립스프를 넣는다. 다시 가스 불을 켜고 젓가락으로 뒤적거리며 섞어 준 후 불을 끈다. 조리법을 보니 마지막 순서에 동봉된 올리브유를 넣으라고 한다. 원재료명에는 혼합 올리브유라고 적혀 있다. 흠… 올리브유에 뭘 섞었다는 거지? 여러 종류의 올리브 기름을 섞었다는 뜻인가? 나는 건강을 생각하여 혼합 올리브유 대신 집에 있는 유기농 엑스트라 버진 올리브 오일을 살짝 두른다.(마음이 좀 놓인다.) 엑스트라 버진은 생 올리브를 처음 압착하여 받아낸 오일로 풍미와 산도가 일반 올리브 오일보다 낫다.

"짜라짜라짜짜짜짜짜, 짜~파게티~! 오늘은 내가 짜파게티 요리사"

시엠송이 귓가에 울린다. 아빠는 일요일 하루만 짜파게티를 끓여도 요리사라 불리는데, 매일 삼시 세끼 밥을 해야 하는 엄마의 존재는 지워져 있다는 글을 어디선가 본적이 있다. 어느 사회이건 가장 기본적이고 중요한 일을 담당하는 사람의 존재는 거의 눈에 띄지 않는 것 같다. 집에서는 주로 엄마가 장을 본 후 식료품을 분류하고 씻고 썰고 끓이고 볶아 음식을 만든 후 식탁에 차린다. 가족 구성원들이 보는 건 결과물일 뿐 그 과정이 얼마나 고단하고 지리멸렬한 일인지 쉽게 잊는다. 회사에서는 주로 말단사원이 전화 응대를 하고 서류를 정리하고 음료를 놓고 보고서를 복사한다. 하지만 임원과 사장 눈에 보이는 건 책상위에 가지런히 놓인 보고서일 뿐이다.

나도 예전에 남편에게 말한 적이 있다.

"봐봐. 너는 회사에서 힘들게 일해서 월급을 받잖아. 월급이 통장에 들어오면 나는 늘 너한테 이번 달도 고생했다고, 고맙다고 말하지? 근데 난 집에서 힘들게(아이가 없으니 그리 힘들다고는 말할 수 없겠지만) 일해도 월급을 못 받아. 다행히 나는 청소하고 밥하는 걸 좋아하지만 그렇다고 네 눈에 보이지 않는 나의 노동을 잊지는 말아줘.”

남편은 진지하게 내 말을 경청하더니 자꾸 주말만 되면 자기가 요리를 하겠다고 나선다. 그런 뜻이 아니잖아!

짜파게티 면발을 한 입 먹어본다. 쫄깃쫄깃한 면발이다. ‘춘장, 양파 등을 볶아 고소하고 진한 짜장맛’이 난다고 적혀 있는데 정말 밖에서 파는 짜장면처럼 맛있다. 한 그릇 더 먹고 싶지만 참아야겠지. 짜파게티 역시 농심에서 만들었다. 짜파게티 포장지는 전체적으로 올리브색이다. 왼쪽 하단에 올리브라고 적혀 있고 그 주위로 올리브 열매가 달랑달랑 매달려 있다. 옛날 느낌이 물씬 난다. 역사와 전통이 오래되었다는 걸 보여주고 싶은 걸까?

찾아보니 짜파게티는 1984년에 출시되었다. 우리나라에서 네 번째로 오랜 역사를 갖고 있다. 3위는 안성탕면으로 1983년에 출시되었고 2위는 너구리로 1982년에 출시되었다. 너구리는 나와 출생연도가 같다. 와. 우리 같이 늙어가는구나.(나와는 달리 너는 영화 〈기생충〉에 출현하여 스타가 되었지만.) 갑자기 너구리에 대한 애정이 솟구친다. 아 참, 이건 짜파게티 글인데... 그래도 다 같은 농심 출신이니까. 1위는 아시다시피 삼양라면이고 5위는 1986년에 출시된 신라면이다.

　1980년대는 굵직굵직한 라면들이 쏟아진 시기였다. 역사적인 라면들과 한 시절을 살아왔다고 생각하니 왠지 마음이 뭉클해진다. 너도 나도 힘든 세월 잘 견뎌왔구나. 우리 앞으로도 잘 지내보자. 짜파게티에게 마지막 인사를 건네고 식사를 마친다.

맵기 · ●○○○○
특징 · 고소하고 짭짤한 맛
추천 · 신라면이 질렸다면

03

진
라
면

"이게 뭐야?"

"진라면이잖아."

"근데 맛이 왜 이래?"

"아 그건⋯."

느긋한 주말 오후, 남편이 진라면 순한맛을 그리더니 배도 출출하니 라면을 끓여먹자고 한다. 신라면을 먹은 지 얼마 되지 않았는데 또 라면을 먹자? 남편 건강이 걱정되어 물 대신 채수(각종 야채를 우린 물)를 붓고 진라면 스프 대신 우리밀 감자 스프(라면 스프를 잘 먹지 않아 모아놓은 것)를 넣어 끓여 주었다. 거기에 영양소를 생각한다고 애호박, 양파, 청양고추, 느타리 버섯까지 넣었더니 진라면 고유의 고소한 맛이 사라진 것이다. 남편은 고개를 절레절레 저으며 라면을 먹는다. 한 입 먹어보았더니, 음... 미안. 앞으로는 건강이고 뭐고 있는 그대로의 라면을 끓여 먹기로 남편과 약속했다.

진라면은 오뚜기에서 만들었다. 진라면 표지는 화사한 샛노란 색이다. 호안 미로의 그림을 갖다 쓴 것인데 그림에서는 보이지 않지만(귀찮다고 안 그렸단다.) 오른쪽 상단에 Special Edition이라고 적혀 있다. 와. 나도 스페셜 에디션 상품을 가져보는구나. 그게 진라면 30주년 한정판 라면이 될 줄은 몰랐지만. 호안 미로(Joan Miro)는 스페인 바르셀로나에서 태어나 그곳에서 자란 예술가다. 여기서 잠깐. 스페인어의 알파벳 J는 H 발음이 나기 때문에 조안 미로가 아닌 호안 미로로 불러야 한다. 바르셀로나에 있는 몬주익 언덕 중턱에는 언뜻 보면 하얀 식빵처럼 생긴 호안 미로 미술관이 있다. 예전에 우리도 몬주익 언덕을 방문한 적이 있다. 미술관 문 앞까지 가기도 했다. 하지만 주변 경관이 내려다보이는 언덕에 앉아 버스킹 공연을 보고 야외 의자에서 사람들을 구경하며 꾸벅꾸벅 졸다 보니 날이 저물었다. 그때 미술관에 들어갔더라면 이 글이 훨씬 풍부해졌을 텐데 아쉽구나.

호안 미로 그림은 강렬하면서도 경쾌하다. 미로는 빨강, 파랑, 노랑 삼원색만을 사용하여 단순하게 그리는 걸 선호했다. 그의 그림엔 추상적인 상징과 기호가 가득하다. 팝콘이 톡톡 터지듯 캔버스에 음표와 새와 눈과 해와 달이 춤춘다. 스페인의 뜨거운 햇살을 받고 자라났을 테니 화풍이 그럴 만도 하다. 미로의 진한 노란색에서 간장 양념을 베이스로 한 진라면의 진한 맛이 연상되도록 라면 표지를 멋지게 연결시켰다.

한국 사람들은 매운 걸 워낙 좋아해 진라면 순한맛을 싫어할지도 모른다. 하지만 외국인들은 매운 라면을 못 먹는 경우가 많아 오히려 진라면 순한맛 수출이 많다고 한다.

어느 날 남편 회사 탕비실에서 직원 한 명이 진라면 순한맛을 꺼냈다고 한다. 그러자 그 모습을 지켜보던 동료 직원이 "이런 진라면 순한맛 같은 놈이 있나. 그걸 왜 먹냐?"라고 말했다고. 하지만 매운 걸 잘 못 먹는 내겐 순한 맛이 딱 적당하다. 짭조름하면서도 고소한 맛이 위에 자극을 주지 않는다. 또 생각해보면 '진라면 매운맛 같은 놈'보다는 '진라면 순한맛 같은 놈'이 훨씬 정감 있게 들린다.

오뚜기는 진라면 TV 광고를 위해 여러 스포츠 선수를 섭외했다. 그중 기억에 남는 건 야구선수 류현진을 모델로 한 광고다. 2013년에 오뚜기는 창립 25주년을 맞아 류현진을 모델로 내세웠다. 첫 장면은 류현진이 야구하는 모습이다. 내레이션으로는 '나를 채우는 건 진한 응원, 그리고 진한 진라면이다.'라고 말하는 류현진 목소리가 깔린다. 다음 화면은 진라면을 호로록 먹고 있는 류현진, 그런데 마지막에 긴 라면 면발을 이로 자르지 않고 한 번에 호로록 호로로로로로로로록 흡입하는 장면이 있다. 일부러 연출한 것이겠지만 라면 면발을 저렇게 길게 흡입할 수 있다는 게 놀랍다. 운동선수라 폐활량이 좋은 걸까? 남편에게 한번 해보라고 권유하니 따라하다 사레가 들려 버렸다. 그럼 그렇지. 류현진이니까 가능한 거야.

면발 흡입 실패를 보고 있자니 아무래도 우리에겐 운동이 필요한 것 같다. 앞으로도 라면을 몇십 개나 더 먹어야 하는데 이런 허약한 기초체력으로 얼마나 버틸 수 있을까? 인터넷에 폐활량을 늘리는 법을 검색하니 스쿼트, 빨리 걷기, 수영, 자전거, 등산 등을 추천한다. 이건 이미 우리가 꾸준히 하고 있는 운동인데 어쩌면 좋지?

맵기 · ○○○○○
특징 · 휴게소 우동과 똑같은 맛이 남
추천 · 여행의 기분을 느끼고 싶다면

04

생
생
우
동

　　　　　　　　남편이 제일 좋아하는 4대 음식은 김
밥, 떡볶이, 우동, 감자튀김이다. 남편은 뷔페에 가면 남들
은 절대 먹지 않을 김밥을 종류대로 꼼꼼히 담아온다. 나
도 김밥은 좋아하지만 떡볶이와 우동은 영양가가 전혀 없
는 음식이라 생각해 그동안 거들떠보지 않았다. 하지만 서
울에서 신혼살림을 차리고 남편과 함께 유명하다는 떡볶
이와 우동 집을 순례하다 보니 점점 이 음식들이 좋아지기
시작했다. 부부란 그렇게 닮아가는 것이다.(그러니 짝을 고르려

추운 날에는 우동이 제격이다. 농심에서 나온 생생우동은 기름에 튀기지 않은 생생면이라 다른 라면보다 무게가 묵직하다. 중량은 일반 라면의 두 배인 253g이고 가격은 일반 라면의 세 배라 영수증을 보고 깜짝 놀랐다.

"자기야, 생생우동 가격 좀 봐. 우리 라면 프로젝트 한다고 너무 돈을 막 쓰는 거 아닐까?"

"진짜 비싸긴 하네. 그래도 이건 우동이니까."

우동에겐 한없이 너그러운 남편. 우동아, 넌 좋겠다.

생생우동 봉지를 뜯으니 비닐로 포장된 우동과 액상스프가 플라스틱 용기에 들어 있다. 낱개로 구입 가능한 생생우동 사리도 그냥 비닐 포장만 되어 있는데 굳이 생생우동을 플라스틱 용기에 담은 이유가 뭘까? 플라스틱이 없으면 부피가 너무 확 줄어들어 볼품없어 보일까 봐 그런 걸까? 설마 이 용기에다 우동을 넣고 뜨거운 물을 부어 먹으라는 걸까? 이젠 환경을 중요하게 생각하는 소비자도 많아졌으니 부피와 비닐 포장을 획기적으로 줄여 준다면 좋은 반응을 얻지 않을까 생각한다. 부탁드립니다.

우동면은 익힌 생면이 들어있기에 물이 팔팔 끓으면

우동면과 액상스프를 넣고 1분 30초 정도 풀어주기만 하면 된다. 국물을 한 입 떠먹는다. '국물 맛이 끝내'준다. 이유는 가쓰오부시로 맛을 내었기 때문이라고 표지 우측 상단에 적혀 있다. 가쓰오부시 만드는 법은 이렇다. 가다랑어를 앞뒤로 포를 떠 삶은 후 뼈를 발라낸다. 발라낸 살을 연기에 그을려 훈연한 후 곰팡이를 여러 번 피우면 된다. 악, 곰팡이라고? 곰팡이라는 세균은 음식과 만나 유익하게 바뀌면 발효가 되고, 유해하게 바뀌면 부패가 되는 카멜레온과 같으니 안심하시길. 훈연된 가다랑어를 햇볕에 말릴 때 푸른곰팡이가 생기는데 이 곰팡이가 풍미를 가둬두는 역할을 한다. 꼬리꼬리한 맛의 고르곤졸라 치즈 역시 푸른곰팡이를 피워 만든다. 같은 종류의 곰팡이인지는 모르겠지만 푸른곰팡이는 맛있다는 결론을 내릴 수 있겠다.

생생우동 포장지를 쳐다보고 있으니 잊고 있던 단편 한 편이 떠오른다. 제목은 〈우동 한 그릇〉. 원제목은 우동이 아니라 소바라고 하는데 번역이 잘못되어 알려졌다고 한다. 일본 작가 구리 료헤이의 소설인데 얼마나 감동적인지 다 읽고 한참을 울었던 기억이 난다. 내용은 이렇다. 일본의 우동 가게는 매년 12월 31일마다 우동을 먹으며 한

해를 마무리하려는 사람들로 북적인다. 삿포로에 있는 우동 집 '북해정' 주인 내외도 정신없이 우동을 팔다 보니 어느덧 밤 10시가 되었다. 그때 허름한 옷차림을 한 여인이 남자아이 두 명을 데리고 가게에 들어온다. 그녀는 조심스레 우동 한 그릇만 주문할 수 있는지 물어보고 주인아주머니는 당연히 가능하다고 대답한다. 주방에 있던 주인아저씨는 몰래 우동 한 덩어리에 반 덩어리를 추가로 넣는다. 세 모자는 넉넉한 우동 한 그릇을 맛있게 나눠 먹고 감사 인사를 전한다. 주인 내외 역시 온 마음을 다해 "고맙습니다! 새해엔 복 많이 받으세요!" 인사를 한다.

일 년 후 세 모자는 비슷한 시간에 우동 집을 찾아 우동 한 그릇을 주문한다. 주인은 역시 우동 1.5인분을 요리해 내어주고 그들은 맛있게 먹는다. 그 다음해도 세 모자는 우동 집을 방문하고 이번엔 우동 이 인분을 주문한다. 그 말을 들은 주인은 기뻐하며 우동 삼 인분을 끓여 그들에게 내어준다. 우동을 맛있게 먹은 세 모자는 감사 인사를 한 후 가게를 나선다. 그 뒤로 수년간 모자는 나타나지 않고 우동 집 부부는 매년 마지막 날 그들을 기다리며 좌석을 비워둔다. 10년이 지난 어느 해 12월 31일 밤 10시 무렵,

정장 차림의 두 청년과 기모노를 입은 부인이 들어와 조심스럽게 우동 삼 인분을 주문할 수 있느냐고 묻는다. 그리고 아들 한 명이 주인 내외에게 말한다. "우리는 그때 한 그릇의 우동에 용기를 얻어 세 사람이 손을 맞잡고 열심히 살아갈 수가 있었습니다. 그 후, 저는 금년 의사 국가시험에 합격하여 내년 4월부터 삿뽀로의 종합병원에서 근무하게 되었습니다. 우동 집 주인은 되지 않았습니다만, 교토의 은행에 다니고 있는 동생과 상의해서 지금까지 삶 가운데 최고의 사치스러운 것을 계획했습니다. 그것은, 섣달그믐 날 어머님과 셋이서 삿뽀로의 북해정을 찾아와 뜨거운 삼 인분의 우동을 시키는 것이었습니다."

글을 찾아 다시 읽다 보니 역시 눈물이 날 수밖에 없다. 따뜻한 우동 한 그릇은 힘이 세다.

맵기 · ●●●●●

특징 · 비빔장이 너무 매워 정신이 번쩍!

추천 · 냉장고에 있는 야채를 처리해야 할 때

05

팔
도
비
빔
면

　　분명 어제까지 봄이었는데 오늘 아침 눈을 떠 보니 여름이다. 아니 이리 급작스레 방문하시다니요, 예의도 없이. 허겁지겁 반팔을 찾아 입고 여름님을 맞는다. 여름은 뻔뻔하게 온 방을 휘저으며 열기를 돋운다. 저기, 올해는 너무 일찍 오신 것 같은데 다음에 다시 오시면 안 될까요? 조심스레 말을 걸어보지만 여름은 들은 척만 척. 여름 때문에 열이 바짝 오른다. 이럴 땐 뭘 먹어야 하나. 남편이 기다렸다는 듯 대답한다. "팔도 비빔면"(그래.

오징어 짬뽕이라고 했으면 한 대 맞았을 거야.)

비빔면은 여름과 잘 어울리는 라면이다. 비빔냉면, 비빔막국수, 비빔쫄면, 어느 면이든 꼬들꼬들 삶아 차가운 물에 헹궈낸 후 새콤달콤한 소스에 슥슥 비벼 먹으면 된다. 각종 채소를 푸짐하게 추가하면 훨씬 맛있겠지만 라면 프로젝트를 할 땐 순수하게 라면만 먹기로 약속했으니 포기해야겠지. 팔도 비빔면 포장지 뒷면을 보니 비빔면과 함께 먹으면 더 맛있다는 재료 세 가지를 소개해 놓았다. 하지만 입이 짧아 못 먹는 음식이 많은 내겐 꽤 엽기적인 조합으로 보인다. 삼겹살 비빔면, 닭발 비빔면, 물회 비빔면이다. 이 조합이 맛있다고요? 진심입니까?

농심과 오뚜기 양대 산맥에서 간신히 버티고 있는 브랜드 중 하나인 팔도. 팔도 비빔면은 저렴한 가격, 새콤달콤 소스, 가는 면발로 비빔면 시장에서 단연 우위를 차지하고 있다. 하나라도 앞서가고 있으니 다행이다. 브랜드 한두 개가 시장을 독점해버리면 재미없으니까. 자 그럼 끓여 볼까? 비빔면을 끓는 물에 넣고 3분간 익힌다. 찬물에 면을 헹군 후 물기를 탈탈 뺀다. 첨가된 액상 스프를 넣고 '오른손으로 비비고~, 왼손으로 비비고~' 로고송을 따라하며 양쪽 손으로 비벼 본다. 이런. 당신이 오른손잡이라면 절대 왼손으로 비비면 안 된다. 빨간 비빔장이 사방팔방으로 튀어버렸다. 저 노래 누가 만든 거니?

잘 비벼진 비빔면을 호로록 한 입 먹었는데, 맵다. 라면 봉지 왼쪽 중앙에 싱그러운 사과 하나가 그려져 있고 바로 그 아래 '매콤, 새콤, 달콤'이라는 문구가 분명히 적혀 있는데. 대체 새콤과 달콤은 어디로 사라진 걸까? 내가 뭘 잘못한 거지? 원래 이렇게 매콤했나? 순창 고추장이 9.63% 들어가서 그런가? 이 매운 걸 어떻게 먹으라고? 버럭 화를 내려는 순간 나처럼 매운 걸 잘 못 먹는 남편이 해결책을 제시한다. "군만두랑 먹자."

남편은 젓가락을 내려놓고 냉동실에 있던 채식만두를 꺼내 굽기 시작한다. 그 사이 인터넷을 찾아보니 예전의 팔도 비빔면은 달달한 매운맛이었으나 2019년부터 입술과 혀가 얼얼해질 정도로 매워졌다고 한다. 매운 음식 못 먹는 사람들을 위한 배려가 전혀 없군요. 그럴 거면 새콤달콤 문구는 빼주세요! 궁시렁거리는 사이 군만두가 다 구워졌다. 이번에는 군만두 한 입, 비빔면 한 입이다. 음. 한결 낫네.

우리는 통상 매운맛이라 말하지만 사실 '매운 맛'은 맛이 아니라 입 안이 통증을 느끼는 것이다. 단맛, 신맛, 짠맛, 쓴맛은 미뢰로 느낄 수 있는 기본적인 맛이지만 매운맛은 목구멍과 입 안 전체에 자극을 주는 피부감각에 속한다. 통각이 잘 단련되었거나 통증을 덜 느끼는 사람은 매운 음식을 맛있게 먹을 수 있다. 나는 어렸을 때부터 통증에 민감했기에 6학년 때 모두가 맞아야 하는 불 주사(90년대에는 그런 주사가 있었다.)도 안 맞았다. 같은 반이었던 은진이 증언에 따르면 내가 주사 맞는 게 무섭다고 눈물을 뚝뚝 흘리며 어찌나 통곡을 하던지 나 때문에 반 전체가 공포에 휩싸였다고 한다.

왜 사람들은 굳이 매운 음식을 찾아 먹으며 고통스러운 통증을 느끼려 하는 걸까? 매운맛은 뇌에 통증으로 인식된다. 그러면 착하고 성실한 뇌는 몸에 느껴지는 고통을 줄이기 위해 진통 효과가 있는 엔돌핀을 분비한다. 엔돌핀은 통증을 줄일 뿐 아니라 기쁨을 느끼게 하는 호르몬이다. 따라서 사람들은 매운 음식을 고통스러워하면서도 동시에 즐겁게 먹을 수 있는 것이다. 나는 매운 음식을 먹느니 차라리 많이 웃고 긍정적인 마음으로 살련다.

맵기 · ●●●○○

특징 · 대한민국 최초의 라면

추천 · 부대찌개가 먹고 싶다면(스팸 한 조각만 넣어주세요)

06

삼
양
라
면

"삼양라면 글 쓸 거니까 그림 좀 그려줘."

"지금 나 배 안 고픈데."

"아니 우선 그려놓고 다음에 먹으면 되지."

"먹지도 않았는데 글을 쓰는 건 좀 아니지 않니?"

"야. 예전에 많이 먹어 봤거든. 이거 햄 맛이잖아. 빨리
그려!"

남편은 입을 삐죽거리더니 그림을 그리기 시작한다.

삼양(三養)라면은 삼양 식품이 만든 건데 삼양의 뜻은

뭘까? 삼은 천(하늘), 지(땅), 인(사람)을 뜻하고 양은 영양을 공급하여 기른다는 뜻이다. 즉 영양이 풍부한 식품을 가공하여 소비자에게 공급한다는 의미이다. 원래 천지인은 만물을 구성하는 요소로서 동양철학의 주요 이론에 등장한다. 사서삼경 중 하나인 역경(주역)에서는 사주를 볼 때 사용하기도 한다. 초가공 식품인 라면이 건강 면에서는 좋지 않겠지만 삼양의 뜻 자체는 아름답다.

저번에도 말했다시피 삼양라면은 한국 최초의 라면이다. 라면 봉지에도 1963년부터라고 적혀 있다. 처음 세상에 나왔을 당시 가격은 10원이었다. 짜장면 가격은 30원 정도였으니, 옛날이 훨씬 비쌌다고 볼 수 있다. 한국의 인스턴트 라면 시장을 개척한 삼양라면은 1980년 중반까지 1위를 달리고 있었다. 그러다 농심이 신라면과 안성탕면을 출시하면서 삼양은 2위로 밀려나게 되었으며 그러던 중 우지 파동이 터지고 만다.

우지 파동은 1989년 공업용 소기름으로 면을 튀겼다는 익명의 투서가 서울지방검찰청에 접수되면서 시작되었다. 1980년대는 한국 경제가 고도로 성장하며 부흥하던 시기였다. 동시에 많은 국민이 산업 현장에서 일을 했기에 온갖 유해물질에 노출된 시기이기도 했다. 그런 시점에서 삼양라면을 튀길 때 공업용 기름을 썼다는 소문이 돌자 그 파장은 어마어마했다. 소비자 단체와 언론이 비판을 가하기 시작하자 불똥은 쇼트닝과 마가린까지 튀어 버렸고 그로 인해 과자, 튀김, 통닭 매출까지 영향을 미쳤다. 삼양라면을 비롯한 여러 라면의 생산이 중단되거나 매출이 급감했고 외국에서도 한국 라면 수출을 줄이기 시작했다.

그제야 정부는 심각성을 깨닫고 긴급 성분조사를 한 후 기자회견을 열었다. 라면에 정밀 검사를 한 결과 어떤 원재료도 인체에 유해한 성분은 없다고 공식 발표했다. 삼양라면은 라면을 튀길 때 1등급 우지가 아닌 질이 떨어지는 2등급~3등급 우지(비식용 우지)를 쓰다 국가적으로 몰매를 맞은 후 농심이나 오뚜기처럼 식물성 기름인 팜유로 바꾸어 버린다. 현재 모든 라면은 팜유로 튀겨지고 있다. 하지만 팜유로 면을 튀긴다고 해서 건강에 해가 없을까?

삼양라면의 슬픈 역사를 알고 나니 앞으로 삼양라면을 애용하고 싶은 마음이 든다. 하지만 불행하게도 삼양라면은 햄 맛이 난다. 심지어 햄맛 후레이크도 들어 있다. 라면 포장지 그림에도 동글동글한 햄이 라면 위에 올려져 있다.

삼양라면 주위로 크게 그려진 빨간 원도 햄을 연상시킨다. 나는 햄을 싫어한다. 김밥에 들어가는 햄도 하나하나 골라내고 먹는다. 어릴 때는 햄이나 소시지 반찬이 없으면 밥도 안 먹었다는데, 크고 나서는 가공육을 거의 먹지 않는다. 남편은 부대찌개를 좋아하니 삼양라면도 좋아할 수밖에.(어쩐지 라면 프로젝트 한다고 처음 라면 몇 개를 사왔을 때 삼양라면이 있더라니.)

그러고 보니 부대찌개도 가슴 아픈 역사를 가지고 있다. 1950년 6월 25일 새벽 4시, 조선민주주의인민공화국이 기습적으로 대한민국을 침공하여 한국전쟁이 시작된다. 미군 부대가 한국을 돕기 위해 의정부, 평택 등에 주둔하게 되고, 미국에서 깡통에 든 햄, 강낭콩 등이 군인 보급품으로 들어온다. 이때 한국 사람들은 냄비에 고추장을 풀고 캔에 든 가공 식품을 이것저것 넣어 찌개를 끓였는데 이를 부대찌개라 불렀다. 부대찌개는 의정부식과 송탄식으로 나누는데 전자는 맑은 육수를 사용하여 개운한 맛이 나고, 후자는 소시지와 햄을 잔뜩 넣은 후 치즈를 얹어 진한 맛이 난다.

"나는 오랜 세월 동안 라면을 먹어왔다.
거리에서 싸고 간단히,
혼자서 끼니를 해결할 수 있는 음식이다.
그 맛들은 내 정서의 밑바닥에 인 박혀 있다."

- 김훈《라면을 끓이며》중에서

맵기 · ●○○○○○

특징 · 야채는 맛없다는 편견이 사라짐

추천 · 채식 요리를 먹고 싶을 때

07

채
황
라
면

2019년 오뚜기에서 야심차게 채식 라면을 출시했다. 신문을 통해 기사를 접하긴 했지만 평소 라면을 잘 먹지 않아 관심을 두지 않았다. 더 솔직히 말하면 채식주의자를 위한 가공식품이 맛있을 거라 기대하지 않았기 때문이다. 몇 년 전 코엑스에서 비건 페스티벌이 열렸을 때, 처음 맛본 비욘드 미트 채식버거는 실망이었다. 그때까지만 해도 아직 시중에 판매되기 전이라 가짜 햄버거를 사먹으려는 사람들 줄이 꽤 길었다. 식물성 단백질을 추출하여 만들었다는 채식 패티는 겉으로 보기에는 고기 패티와 똑같아 보였고 씹는 맛도 괜찮았다. 하지만 궁극적으로 맛이 없었다. 한 입 베어 무는 순간 대체육 식품은 아직 갈 길이 멀었구나 하는 생각이 들었다. 체인 햄버거 가게에서 파는 채식 버거를 먹은 후 느낌도 비슷했다. 기적 같은 맛을 기대한 건 아니었지만 살짝 희망을 품긴 했는데.

비욘드 미트, 임파서블 푸즈 같이 대체육을 만드는 기업들은 왜 굳이 고기와 비슷한 식감과 풍미를 내려고 노력하는 걸까? 스스로가 원해 채식하는 사람들은 야채와 과일, 곡물과 구황작물만 먹어도 충분히 만족하는데 말이다. 그건 대체육 시장이 고기를 끊기 힘들어 하거나 고기를 좋아하는 사람까지 포섭하려 하기 때문일 거다. 가축 사육에서 발생하는 어마어마한 환경오염 문제도 간과할 수 없으니 대체육 시장은 계속 발전할 것이다. 하지만 대체육 역시 여러 재료를 섞어 가공한다. 가짜 고기 패티 한 장에는 분리대두단백, 옥수수전분, 포화지방, 나트륨 등 유전자변형 성분, 가공된 식물유와 종자유가 들어 있다. 다양한 첨가물이 들어간 대체육이 진짜 고기보다 몸에 좋을지, 정말 환경에 도움이 되는지는 잘 모르겠다. 부디 행운을 빈다.

무슨 라면을 먹을까 하다 채황 라면을 골랐다. 채황은 영국 비건 협회인 '비건 소사이어티'에서 비건 인증을 받아 비건 제품으로 등록되었다고 한다. 그렇다면 (분명) 맛이 없을 테니 남편을 도울 겸 혼자 먹기로 했다. 포장지를 보니 붉은색 일색인 다른 라면과 달리 산뜻한 완두콩색이다. 라면 봉지를 뜯어보니 면이 적은 느낌이다. 중량 110g. 일반 라면보다 10g~20g 정도 적다. 건장한 남자라면 한 개로는 부족하겠는걸. 채황은 채소라면의 황제라는 뜻인데 요즘 황제는 몸매관리를 하느라 조금만 먹나 보다. 황제라는 단어도 너무 거창한 것 같다. 그냥 담백하게 채왕이라고 부르는 게 더 나을 것 같다.(짜왕 이름이 연상돼서 쓰지 않은 걸까.)

물에 건더기를 넣고 끓인다. 건더기가 다른 라면에 비해 풍성하다. 살펴보니 양배추 13.6%, 청경채 12.6%, 버섯 4.6%, 양파 3.3%, 당근 2.9% 등이 들어 있다. 10가지 채소를 사용하였다고 표지에도 크게 적혀 있다.(엄밀히 따지면 다섯 가지가 거의 전부지만.) 스프와 면을 넣고 마저 끓인 후 호로록 한입 먹어본다. 어머? 이 맛은 무엇? 이것은 된장 육수인가? 닭 육수인가? 스프 첨가물을 확인하니 진한표고 분말이 눈에 띈다. 짭짤하면서도 진한 풍미가 느껴진다. 매운맛은 전혀 없는데 맛있다. 아주 맛있다.

채식주의자를 위한 라면도 만들어주니 채식을 지향하는 나로서는 고마운 일이지만 사실 많은 채식주의자들은 가공식품을 그리 좋아하지 않는다. 그들은 보통 가공된 음식보다는 자연에서 나온 그대로의 야채와 과일을 즐겨 먹고 통곡물 위주로 식단을 짜기 때문이다. 그렇다 하더라도 불가피한 상황이 생겨 라면을 먹어야 할 경우 선택할 수 있는 대안이 있다는 건 없는 것보다는 훨씬 낫다. 심지어 맛있기까지 하니 얼마나 다행인지.

채식주의자는 무엇을 먹느냐에 따라 여러 분류로 나눈다. 과일과 견과류만 먹는 프루테리언(fruitarian), 육류, 생선, 유제품 등 동물에게 얻은 음식을 모두 먹지 않는 비건(vegan), 유제품은 허용하는 락토 베지테리언(lacto-vegetarian), 동물의 알만 허용하는 오보 베지테리언(ovo-vegetarian), 유제품, 동물의 알을 허용하는 락토 오보 베지테리언(lacto-ovo-vegetarian) 유제품, 동물의 알, 생선, 해산물까지 먹는 페스코 베지테리언(pesco-vegetarian), 가금류까지 먹는 폴로 베지테리언

(pollo-vegetarian), 가끔 육식을 먹는 플렉시테리언(flexitarian)으로 불린다. 뭔가 엄청나게 복잡하고 난해해 보인다. 나는 집에서는 고기, 생선, 동물 알, 유제품을 거의 요리하지 않는다. 하지만 밖에서는 해산물도 먹고 고기도 먹는다. 나는 이도 저도 아닌, 채식을 사랑하는 사람일 뿐이다.

맵기 · ●●○○○
특징 · 부숴 먹을 때 더 맛있는 라면
추천 · 국물에 밥 말아먹고 싶을 때

"자기야, 밤에 와인이랑 함께할 안주가 없는데. 포도 좀 살까?"

"그래? 그럼 스낵면 부숴 먹으면 되겠다."

대화를 나누는 장소는 안양천, 함께 집으로 돌아가는 길이다. 일주일에 한두 번 퇴근 시간에 맞춰 남편 회사로 마중을 나간다. 집에서 걸어가면 20분 거리에 회사가 있고 하천을 따라 걸을 수 있기에 산책하기 좋은 길이다. 내일은 즐거운 토요일, 오늘밤엔 느긋하게 와인이나 마시며

쉬려 했는데 또 라면이라니.

그리하여 지금 우린 캘리포니아에서 생산된 카베르네 소비뇽 와인 한잔을 마시며 안주로는 조각난 스낵면을 먹는 중이다. 술을 싫어하는 남편은 진저에일과 함께 스낵면을 먹고 있다. 고등학교 때 뿌셔뿌셔를 먹은 이후 생라면을 부숴 먹는 건 처음인 것 같다. 남편도 그렇다고 한다. 왠지 젊어지는 기분이다.

1999년 오뚜기에서 뿌셔뿌셔를 출시하기 전까지 학생들은 주로 1992년도에 나온 오뚜기 스낵면을 부순 후 스프를 뿌려 먹었다. 많고 많은 라면 중 왜 하필 스낵면이었을까? 스낵면은 다른 라면에 비해 면발이 가늘어 부수기 쉽고 먹기에도 좋다. 라면 표지에도 조리시간이 2분이면 된다고 적혀 있는데 이는 일반 라면에 비해 1/2 수준이다.

또한 건더기스프가 없고 분말스프만 있기에 라면을 부숴 생으로 먹을 때 건더기 스프를 아깝게 버리지 않아도 된다. 건더기 스프가 없다 보니 다른 라면에 비해 가격도 저렴해 학생들도 쉽게 살 수 있다. 학창 시절 용돈이 궁했던 남편도 스낵면은 가격이 싸서 자주 부숴 먹었다고 한다. 설마 오뚜기에서 처음부터 다 계획하고 만든 거 아냐?

스낵면 표지 왼쪽 상단에는 '밥 말아먹을 때 가장 맛있는 라면!'이라고 적혀 있다. 실제 스펀지 프로그램에서 참가자들에게 블라인드 테스트를 실시한 결과 밥 말아먹기 가장 좋은 라면으로 스낵면이 뽑혔다고 한다. 국물이 적당히 맵고 깔끔하여 밥과 잘 어울린다는 거다. 스낵면에 밥을 말아 먹어본 적이 없어 정말 그런지는 모르겠지만 생라면을 부숴 먹는다면 바삭한 스낵면은 최고의 선택이 될 것이다.

갑자기 학창 시절에 먹었던 간식들이 떠오른다. 그중 가장 그리운 건 통통배 모양의 빵이다. 제천에서 남당초등학교를 다녔다. 우유랑 빵 급식을 신청할 수 있었는데 우유를 싫어했던 나는 빵만 신청해 먹었다. 그때 자주 나왔던 빵이 통통배다. 어른 주먹만 한 크기에 럭비공 모양의 빵이었다. 파운드 같이 단단한 질감이면서도 먹으면 부드럽게 부서진다. 한 입 먹으면 목이 콱 메어오면서 아몬드 향이 입 안 가득 퍼진다.

어느 회사에서 만든 건지 아무리 찾아도 정보가 없다. 언젠가 통통배가 그리워 남편에게 먹고 싶다고 했더니 대전에서 학교를 다녔던 동갑내기 남편은 그 빵이 뭔지 전혀 몰라 충격을 받았다. 설마 제천에서만 배급되던 빵인가? 통통배야. 넌 어디에 있는 거니?

자주 먹었던 또 다른 간식은 식빵과 식빵 사이에 땅콩 크림이 잔뜩 든 땅콩 크림빵과 보름달처럼 생긴 빵 안에 하얀 크림이 든 크림빵이다. 둘 다 삼립에서 만들었는데 요즘도 복고적인 디자인에 같은 맛으로 출시되고 있어 슈퍼에서 볼 때마다 반가운 마음이 든다. 크림빵들아, 너희들도 명맥을 이어오고 있는데 친구 통통배는 어디로 사라진 거니?

모든 사라진 것들은 애처롭고 깊은 여운을 남긴다. 고정희 시인은 '모든 사라지는 것들은 뒤에 여백을 남긴다'는 시에서 이렇게 말한다.

"오 모든 사라지는 것들 뒤에 남아 있는/ 둥근 여백이여 뒤안길이여/ 모든 부재 뒤에 떠오르는 존재여/ 여백이란 쓸쓸함이구나/ 쓸쓸함 또한 여백이구나/ 그리하여 여백이란 탄생이구나"

스낵면을 먹다 보니 학생이었던 지난날이 떠오르고, 지나가 버린 그때를 더듬다 보니 쓸쓸한 마음이 든다. 얼굴은 기억나지만 이름은 잊어버린 친구들, 잔상은 남아있

지만 또렷한 풍경이 그려지지 않는 옛 시절이 그리운 밤
이다.

맵기 · ●●●○○
특징 · 옷에 빨간 국물이 튀면 끝장임
추천 · 점심으로 짜장면 드셨다면

09

오징어 짬뽕

짬뽕이라고 쓰인 간판을 보면 아빠가
생각난다. 아빠는 청년 시절에 개고기를 먹다 크게 체한
이후 개고기를 못 드신다. 내가 어렸을 때 집에서 키운 닭
을 엄마 명령에 따라 아빠가 잡아야 했는데, 그때 손수 닭
을 잡은 이후 닭고기도 거의 못 드신다. 그 뒤로 점차 소고
기와 돼지고기도 꺼리게 되어 이제는 양념된 고기만 조금
드실 뿐이다. 그 외에도 싫어하는 음식이 어찌나 깨알같이
많은지 함께 나들이를 가거나 외식을 할 때면 식당 고르는

게 보통 힘든 일이 아니다. 그럴 때 언제든 긍정의 대답을 얻을 수 있는 마법의 한마디.

"아빠, 짬뽕 드시러 가실래요?"

농심에서 나온 오징어 짬뽕을 보고 있자니 역시 아빠 생각이 난다. 그러고 보니 진짬뽕은 먹어봤는데 오징어 짬뽕은 한 번도 먹어 본 적이 없는 것 같다. 1992년에 처음 출시되었으니 한 번쯤은 먹어보았을 만도 한데 말이다. 남편은 예전에 먹어봤다고 한다. 오징어 맛이 나냐고 물었더니 기억이 안 난다며 먹어보자고 한다. 그래. 무슨 맛인지 알아야 글도 쓰지. 물 끓여라.

어느 라면이건 라면이 담긴 포장지에는 고명이 올라간 라면 한 그릇이 빠짐 없이 그려져 있다. 그중 오징어 짬뽕 봉지에 그려진 라면 그림이 가장 맛있어 보인다. 잘 익은 오징어 한 마리가 통째로 잘려 라면 위에 살포시 올려져 있다. 입을 벌린 홍합 한 개와 조개 두 개, 청경채도 있다. 오른쪽 하단에는 아람단 스카프 같은 걸 두른 귀여운 오징어 녀석(그림은 무섭게 그려졌지만)이 왼손에는 라면 한 그릇, 오른손에는 젓가락을 들고 윙크를 하며 씨익 웃고 있다. 오징어야. 그릇 안에 너 있다....

라면이 다 끓었다. 스프에 오징어 성분을 가미했다고 한다. 냄새를 맡아보니 정말 '구운 오징어 풍미'가 난다. 음~ 향이 좋군. 빨간 국물이 중국집에서 먹는 짬뽕과 똑같은 색이다. 음~ 색이 좋군. 호로록 한입 먹어본다. 음~ 이건 너구리 맛인데? 한 번 더 호로록 먹어본다. 음~ 진짜 너구리 맛인데? 면발도 너구리보다 얇고 국물 맛도 너구리보다 매콤한데 희한하게 너구리 맛이 난다. 그렇다면 오징어 짬뽕만의 특색은 무엇이란 말인가? 그때 입 안에서 뭔가 쫄깃하게 씹힌다. 동결 건조 오징어다. 드디어 오징어 맛이 확 느껴진다. 맛있다. 하지만 오징어를 느끼기엔 너무 적은 양이 들어 있다.

최초의 짬뽕은 19세기 일본 나가사키에 정착한 중국인이 만든 음식이라는 일본 유래설과 인천에 살던 중국인들이 자신들이 먹던 차오마멘(炒碼麵)을 한국인 식성에 맞게 바꾼 것이라는 한국 유래설이 있다. 짬뽕은 기본적으로 야채, 해물, 돼지고기 등을 기름에 달달 볶아 닭이나 돼지 뼈로 우린 육수를 넣고 끓인 후 삶은 면을 넣으면 된다.

이때 짬뽕 국물 맛을 좌우하는 비법은 엄청난 화력이다. 온갖 야채를 무쇠에 넣고 강한 불에 짧게 볶으면 재료가 아삭하면서도 불 맛이 나서 풍미를 한껏 끌어올린다. 따라서 가스레인지나 인덕션을 사용하는 가정집에서는 조미료를 사용하지 않는 한 짬뽕 맛을 내기 쉽지 않다.

요즘에는 짬뽕 속에 무엇이든 다 집어넣는 것 같다. 강릉 경포 호수 근처에 초당동이라는 아름다운 마을이 있다. 그곳에서 조선 시대 시인이었던 허난설헌과 최초의 한글 소설을 완성한 허균이 태어났다. 우리 고모가 살고 있고 순두부로 유명한 동네이기도 하다.

직접 순두부를 만들어 파는 가게들이 옹기종기 모여 있는 초당동에 어느 날 짬뽕 순두부 간판이 등장했다. 소나무 우거진 고즈넉한 동네에 갑자기 짬뽕 순두부라니! 이게 웬 말이냐. 물렀거라. 물렀거라. 담백한 순두부와 맵고 자극적인 짬뽕이 어찌 서로 어울린다는 말인가!

초당동에 놀러갔다가 거대한 짬뽕 순두부 간판을 보고 한 번 놀라고, 가게 앞에 바글바글 줄을 선 사람들을 보고 두 번 놀랐다. 내키지 않았지만 남편이 한번 먹어보자고 해서 들어갔다. 드디어 음식이 나왔고 한 입 떠먹는 순간 아빠가 생각났다. 이런~ 우리 아빠 좋아하겠네.

오징어 짬뽕

잘 익은 오징어 한 마리가 통째로 잘려
라면 위에 살포시 올려져 있다.
귀여운 오징어 녀석이 왼손에는 라면 한 그릇,
오른손에는 젓가락을 들고 윙크를 하며
씨익 웃고 있다.
오징어야. 그릇 안에 너 있다….

맵기 · ○○○○○
특징 · 뽀얀 곰탕보다 훨씬 짭짤한 맛
추천 · 엠티 가서 아침 해장국이 필요할 때

10
—
사
리
곰
탕
면

　　성격이 까다로운 편이라 친한 친구가
몇 명 없다. 그중 10년 전 대학원 때 만나 함께 공부하다
친해진 언니가 한 명 있다. 그런데 언니 나이가 우리 시어
머님과 동갑이다. 언니가 워낙 예뻐 처음엔 그렇게 나이
차이가 많이 나는 줄 몰랐다. 장난도 치고 반말도 하고 그
러다(다른 동기들은 선생님이라 부르긴 했지만) 나중에 나이를 알게
되었을 땐 어쩔 수 있나? 우린 이미 친구인걸. 언니도 내
가 다른 학우들처럼 선생님이라 부르지 않고 언니라고 부

를 때 감 잡았다고 했다. 우린 대학원 시절 내내 붙어 다녔고 졸업하고도 한 달에 한 번은 만나 밥을 먹고 커피를 마신다.

언니는 나를 만나러 올 때 가끔 내가 좋아하는 나물 반찬을 갖다 준다. 워낙 요리를 잘하고 남을 잘 챙기는 성격이라 그렇다. 언젠가부터는 겨울만 되면 집에서 하루 종일 고아 만든 곰탕을 비닐봉지에 넣고 꽁꽁 얼린 후 남편과 먹으라고 갖다 준다. 평생 엄마한테도 곰탕 한번 얻어먹어 보지 못했는데 직접 만든 곰탕을 친구한테 받다니. 다음엔 내가 만들어 주겠다며 언니에게 고기 삶고 뼈 우리는 법을 물어본 적이 있다. 언니 설명이 끝나자마자 바로 대답했다.

"그냥 내가 곰탕 사줄게."

곰탕은 시간이 축적된 맛이다. 설렁탕과 곰탕은 고기를 우릴 때 사용하는 부위가 조금 다른데 요즘엔 거의 차이가 없다고 한다. 곰탕을 끓이기로 마음먹었다면 하루라는 시간이 필요하다. 곰탕을 끓이려면 우선 우족, 꼬리, 도가니 등 원하는 부위를 선택한 후 찬물에 몇 시간 담가 핏물과 불순물을 제거한다. 깨끗이 씻은 뼈를 팔팔 끓는 큰 솥에 넣고 20분 정도 끓이면 불순물이 나온다. 다시 물을 버리고 뼈를 찬물에 넣은 후 불을 조절하며 6시간 정도를 끓인다. 이때 마늘, 생강, 양파, 대파를 망에 넣어 함께 끓인다.

곰탕에 넣을 사태나 목심 같은 고기도 함께 넣어 부드럽게 익을 때까지 끓인 후 먼저 건저 내어 잘게 찢어 놓는다. 기름을 중간중간 걷어내며 끓이다 보면 완성. 처음 끓인 국물은 노란빛이 난단다. 국물을 따라놓은 후 다시 찬물을 붓고(첫 번째보다는 적게) 6시간 정도 한 번 더 끓인다. 두 번째가 진국이라 이때 뽀얀 국물이 나온다고 한다. 처음 끓여 받아놓은 국물을 여기에 섞어 한 번 더 넣어 끓이면 완성이다.

보다시피 뼈를 푹 고아 국물을 낸다는 게 보통 힘든 일이 아닌데 인스턴트 라면이 감히 그 맛을 내보겠다며 도전장을 내밀었다. 그리하여 1988년 농심은 사리곰탕면을 출시하였다. 두둥.

라면 표지 오른쪽 상단에 '진국의 맛!'이라는 단어가 위에서 아래로 적혀 있다. 예스러운 느낌을 주기 위해서인지 '사리곰탕면' 단어도 같은 방식이다. 라면이 담긴 뚝배기

뒤로 은은한 황토색이 그라데이션되어 있고 진한 갈색 테두리가 라면 봉지에 액자처럼 둘려 있다. 테두리, 뚝배기, 사리곰탕면 색이 톤 앤 톤(비슷한 계열의 색상으로 배치)되어 고풍스러운 느낌을 잘 살려냈다. 표지 뒤편에는 '곰탕은 예로부터 임금님 수라상에도 올랐던 고급요리'라고 적혀 있는데 정말 그림만 보면 고급스러움이 물씬 풍긴다.

왜 쓸데없이 라면 봉지에 대해서만 언급하고 있냐고? 사리곰탕면을 먹지 않고 글을 쓰고 있기 때문이다. 요즘 너무 자주 라면을 먹고 있어 조절할 필요가 있다. 사리곰탕면은 이전에 몇 번 먹어봐서 지금 당장 먹지 않아도 글을 쓸 수 있을 거라는 자신감이 들었다. 하지만 아무래도 예전 기억에만 의존하여 글을 쓰면 생동감이 떨어질 것 같은 우려가 불쑥 든다. 이미 점심으로 샐러드와 과일, 고구마를 잔뜩 먹긴 했지만 라면을 반 개 끓이기로 결심했다.

뽀얀 국물에 담긴 얇은 라면 면발. 국물을 한 입 떠먹어 본다. 음. 짭짤하다. 소금을 넣어 먹을 필요는 없겠군. 호로록 라면을 한 입 먹어본다. 음. 짭짤하다. 언니가 끓여 준 곰탕과는 사뭇 다른 맛이긴 하지만 사리곰탕 가격을 생각하면 충분히 맛있다. 그런데 이렇게까지 짤 필요는 없을 것 같은데. 원래 곰탕이나 설렁탕은 깊고 은은한 맛으로 먹는 것 아닌가요?

〈곰탕〉이라는 제목의 소설도 있다. 영화감독 김영탁이 출간한 첫 소설로, 구수한 제목과는 달리 스릴러물이다. 어느 날 작가는 어머니가 상에 내온 곰탕을 보며 이런 생각이 들었다고 한다. "아버지도 곰탕 참 좋아하셨는데. 시간 여행이라는 게 가능하다면, 살아 계셨을 때로 돌아가 이 곰탕 드시게 하면 좋겠다." 소설 〈곰탕〉은 그렇게 탄생했다. 청국장이든, 시래기국이든, 곰탕이든 따뜻한 국물을 먹다 보면 생각나는 사람이 있다. 따뜻한 온기가 마음속으로 흘러들어 퍼져가면서 감정을 건드리는 걸까.

맵기 · ●●●●●
특징 · 라면보다는 쫄깃하고, 쫄면보다는 부드러운 면발
추천 · 여름이 그리울 때

11

진짜 쫄면

"남편, 이제 여름이 왔나 봐. 수업 끝나고 여름 맞이 기념으로 쫄면이나 먹으러 갈까?"

남편은 일주일에 한 번 퇴근 후 기타를 배운다. 목표는 캐논 연주하기. 원래는 피아노로 캐논을 치는 게 목표였다. 하지만 피아노는 내가 연주할 수 있으니 나중에 둘이 합주라도 하려면 기타를 배우는 게 낫지 않겠냐고 설득했다. 귀가 얇은 남편은 피아노 대신 기타 학원을 등록했다.

"이따 학원 앞에서 기다릴게."

"쫄면? 우리 집에 쫄면 있는데?"

"진짜? 어디에 있는데?"

찬장을 열어 살펴보니 진짜쫄면이 있다. 진짜네.

쫄면은 채식을 하는 이들에겐 반가운 음식이다. 면 위에 각종 야채와 과일을 수북이 얹어 먹을 수 있어 한 끼 식사로도 좋고 간식으로도 좋다. 쫄면뿐 아니라 메밀 면이나 국수 면을 넣어도 된다. 양념장은 고추장, 간장, 조청, 참깨, 들기름을 섞으면 끝. 양념장은 10분 전이라도 미리 섞어 놓으면 좋다. 양념들이 서로 서로 친해지며 숙성되기 때문이다. 여름에는 일주일에 몇 번을 먹어도 질리지 않는 쫄면. 여름 맞이 기념으로 한번 먹어볼까?

쫄면의 유래를 찾아보니 의견이 분분하다. 1970년대 인천의 한 제면소에서 냉면 면을 뽑다 잘못해서 굵은 면발이 나왔는데 버리기 아까워 인근 분식집에 줬다고 한다. 분식집 주인이 굵은 면을 고추장 양념에 비벼 채소를 올린 후 만든 게 쫄면의 시작이라는 이야기가 있다. 하지만 쫄면과 냉면은 원료 배합이 다르므로 납득하기 힘들다. 냉면은 메밀과 전분을 섞어 뚝뚝 끊어지는 면발임에 반해 쫄면은 주성분이 밀가루라 쫄깃쫄깃한 면이다. 어떻게 탄생되었던 간에 나는 쫄면의 쫄깃함을 좋아한다. 집 근처 순두부 전문점이 있는데 메뉴 중 쫄면을 넣은 순두부도 있다. 처음엔 순두부찌개 안에 웬 쫄면 했는데, 먹어보고 아~ 감탄했다. 짬뽕순두부를 처음 먹었을 때와 같은 느낌이랄까. 그 뒤로는 쫄면 순두부만 먹는다. 순두부찌개에는 뭘 넣어도 맛있구나.

진짜 쫄면은 오뚜기에서 만들었다. 왜 쫄면 앞에 진짜를 붙였을까? 봉지에 그려진 면발을 보니 진짜 쫄면 면이 아닌 게 확실한데. 면이 쫄면처럼 쫄깃쫄깃하려나? 설마 진라면 진짬뽕과 한 가족이라서?(그렇다면 진쫄면으로 했어야지.) 라면 봉지 좌측 상단을 보니 '150g의 푸짐한 양!'이라고 적혀 있다. 일반 라면보다 20~30g 더 많긴 하지만 푸짐할 정도는 아니다. 봉지를 열어보니 건더기 스프와 액체 스프가 들어 있다. 액체 스프가 묵직하다. 순창고추장이라고 적혀 있다. 라면 하나에 소스가 이 정도면 매울 게 분명하다. 내가 한두 번 당해 본 게 아니지. 우선 끓여보자.

물에 건더기 스프를 넣고 끓인다. 손톱만 한 달걀 모양 고명이 4개 보인다. 깜찍하기도 하지. 먹어보니 어묵 맛이 난다. 끓인 물에 쫄면을 넣고 3분 정도 삶는다. 체에 밭쳐

라면을 부은 후 찬물에 헹궈 탈탈 턴다. 달걀 고명까지 싹싹 모아 오목한 그릇에 옮겨 담고 새빨간 액체 스프를 꾸욱 짜 넣는다. 쓱쓱 비빈 후 한 입 먹어본다. 아~~~~악. 맵다. 이럴 줄 알았지. 라면 봉지에는 '매콤 달콤~ 쫄깃탱글~'이라고 적혀 있는데 나에겐 '매콤 매콤~ 쫄깃매콤~'으로 느껴진다.

그럴 줄 알고 면 끓이기 전에 다 준비해 뒀다. 냉장고에 있던 청경채, 적근대, 신선초, 양배추, 로메인, 키위, 토마토, 참외를 미리 착착 썰어놓았다. 진짜쫄면 맛을 보았으니 이제 내 맘대로 쫄면을 만들 차례. 야채와 과일을 쫄면 위에 가득 부은 후 다시 쓱쓱 비벼 한 입 먹어본다. 아~ 맛있다. 역시 여름엔 쫄면이지. 남편은 도통 면발이 보이지 않는다며 야채를 이리저리 헤집고 있다. 나는 친절한 목소리로 야채와 과일을 모두 먹고 나면 쫄면이 나타날 거라고 말해주었다. 쫄면 하나를 끓였는데 남편과 배부르게 나눠 먹었다.

둘이서 라면 하나

맵기 · ●●○○○
특징 · 양은 냄비랑 잘 어울리는 라면
추천 · 어릴 적 분식집 라면 맛이 그립다면

12

안성탕면

그럴 때가 있다. 거실 탁자에 앉아 2시간 동안 애를 쓰며 A4지 한 장 분량을 간신히 완성했는데 이 글을 누가 읽어줄까 하는 생각이 불쑥 들 때. 가끔 그런 생각이 든다. 햇살이 방 안으로 들이치고 창밖의 나뭇가지는 바람에 실려 살랑살랑 움직일 때 나는 여기 앉아 뭘 하고 있나 하는 생각. 이렇게 사소한 글을 써서 뭘 하나 하는 무력감이 들 때가 있다. 지금 기분이 그렇다. 순간 아고타 크리스토프의 책 《문맹》이 떠올랐다. 큰 힘이 되었던 책이다. 자전적인 이 소설에서 작가는 단호히 말한다.

"무엇보다, 당연하게도, 가장 먼저 할 일은 쓰는 것이다. 그런 다음에는, 쓰는 것을 계속해나가야 한다. 그것이누구의 흥미를 끌지 못할 때조차. 그것이 영원토록 그 누구의 흥미도 끌지 못할 것이라는 기분이 들 때조차. 원고가 서랍 안에 쌓이고, 우리가 다른 것들을 쓰다 그 쌓인 원고들을 잊어버리게 될 때조차."

누구의 흥미도 끌지 못할 것 같은 기분이 들어도 계속써나가는 힘은 어디서 얻을 수 있을까? 끈질기고 성실하게 글을 쓰다 보면 평범한 문장도 언젠가 반짝반짝 빛이날까?

안성탕면 봉지를 바라보고 있다. 어느 것 하나 튀는 구석이 없는 안성탕면. 안성탕면 스스로도 자신의 평범함을받아들이는 것 같다. 얼마나 자랑할 게 없었으면 오른쪽상단 위 작은 동그라미 안에 '쫄깃한 면발'이라는 문구를넣었을까? 동그라미 테두리 안에는 '쌀이 들어있어요'라고도 적혀 있는데 고동색 글씨가 금색 바탕에 가려 잘 보이지도 않는다. 라면을 담은 용기도 단아한 그릇이 아닌 그냥 양은냄비 통째로다. 건더기 스프도 없다. 자신을 애써 포장해 봤자 뭐가 나올 게 없다는 걸 안성탕면은 잘 알고 있다. 그저 자신은 한낱 라면에 불과하고, 앞으로도 라면일 뿐이라는 사실을 담담히 보여준다.

하지만 뜻밖에도 1983년 당시 1위를 달리던 삼양라면을 따라잡고 농심에게 1위의 영광을 안겨준 라면이 바로 안성탕면이다. 평범함의 승리. 현재는 분식집에서 주로 신라면이나 진라면을 사용하지만 10년 전까지만 해도 대부분 가게에서 안성탕면을 끓여주곤 했다. 저렴함의 승리. 별 특색 없고 바탕화면 같은 라면이기에 오히려 여러 재료를 추가하여 먹기 좋은 라면으로 탄생할 수 있다. 안성탕면 이름의 유래도 참으로 평범하다. 경기도 안성에 라면 공장이 있어 안성탕면으로 지었다는 것이다.(표지에 '내 입에 안성맞춤'이라 적혀 있어 깜박 속을 뻔했네.)

안성탕면을 끓여본다. 혼자 먹어야 하니 반만 넣는다. 스프는 건더기가 함께 있는 일심동체형이다. 플라스틱 포장지가 한 개 줄어드니 환경 보호에도 도움이 된다. 다른 라면도 스프와 건더기를 합쳐 하나로 만들어 주시면 안 될까요?(부탁드립니다.) 라면이 다 끓었다. 호로록 한 입 먹어본다. 구수하고 라면다운 맛이 난다. 원재료명을 보니 구수한맛분말과 사골우거지베이스가 적혀 있다. 구수한맛분말은 대체 뭘까? 나도 저런 분말 하나 갖고 싶다. 쌉싸름한 신선초에 드레싱으로 뿌려 먹으면 좋을 것 같다.

라면은 고도의 가공식품이다. 자연에서 생산된 밀을 거둬 가루를 만들고 반죽을 하여 뽑은 면에 여러 합성물을 섞어 기름에 한 번 튀기면 면발이 완성된다. 스프와 건더기에도 수십 가지 첨가물이 들어가 있다.(원재료명을 보시라.) 맛과 향과 색을 내는 첨가물, 방부제와 보존제 등이 들어가기 때문에 당연히 많이 먹으면 건강에 좋지 않다.

어디 라면뿐인가? 빵, 과자, 피자, 탄산음료 등 따지자면 끝도 없다. 몸에 좋지 않다는 건 알지만 외면하고 살기엔 너무도 유혹적인 음식들이다. 나와 남편도 의지가 약하기에 암묵적인 규칙을 정해놓고 지키려 노력한다. 예를 들어 과자는 주말에만 한 봉지 먹기. 라면은 하나만 끓이기. 탄산음료는 마시지 않기 등등. 어쩌다보니 건강 차원에서 라면을 비판하게 되었지만 그렇다고 해서 라면의 가치가 줄어드는 건 아니다.

안성탕면

평범함의 승리, 안성탕면
평범한 문장도 언젠가
반짝반짝 빛이 날까?

맵기 · ●●○○○
특징 · 무와 파와 마늘이 듬뿍 들어있음
추천 · 시원한 국물 맛이 그리울 때

13

무
파
마
탕
면

1990년에 TV에서 방영된 배추도사
무도사 만화 시리즈를 아시는지요? 배추와 무가 사람처럼
서로 대화를 나누며 시청자에게 옛날이야기를 소개하던
만화인데 그 당시 인기가 대단했다. "옛날하고 아주 먼 옛
날/ 호랑이 담배 피고 놀던 시절에/ 남에 번쩍 북에 번쩍
배추도사 무도사~"로 시작되는 주제가는 30년이 지났지
만 여전히 따라 부를 수 있다.

나는 화가 난 것처럼 검은 눈썹을 찌푸린 배추도사보

다 둥그런 흰 눈썹에 환하게 웃는 무도사를 더 좋아했다. 두 도사가 전래 동화를 소개하기 전 티격태격 말다툼하는 모습도 얼마나 재밌던지. 무파마를 보고 있자니 유년 시절을 함께 했던 무도사님이 떠오른다.

무파마는 2001년 농심에서 만든 제품으로 무, 파, 마늘을 줄인 것이라 한다. 마가 마늘을 뜻한다는 건 이제야 알았다. 무파마는 별첨 스프가 하나 더 있다. 건더기 스프와 스프를 넣고 다 끓인 후 분말 스프인 후첨분말을 또 넣어야 한다. 다른 라면보다 건더기도 좀 더 많이 들어 있고, 풍미를 더해주는 후첨분말까지 있으니 가격이 비쌀 수밖에 없다.

무파마탕면이 맛있을 수밖에 없는 이유는 파와 마늘 때문이다. 파와 마늘은 음식 맛을 한층 고양시켜 주는 보석이다. 이코노미 석에서 비즈니스 석으로 업그레이드되는 기분이랄까. 프라이팬에 파와 마늘을 넣어 먼저 충분히 달달 볶아주면 그 뒤에 무얼 넣든 다 맛있어진다. 양배추, 버섯, 숙주나물, 애호박, 어묵, 고기 등등 뭐든 넣어 보시라. 파와 마늘은 어떤 식재료를 만나든 다투지 않고 보듬어 주는, 성격 좋은 친구들이다. 게다가 파와 마늘뿐 아니라 육수를 낼 때 기본이 되는 무까지 첨가했으니 국물이 깔끔하고 시원한 맛이 날 수밖에.

라면 봉지 좌측 하단에는 무, 파, 마늘이 수줍게 그려져 있다. 우측 상단에는 "속 시원한"이란 문구가 산뜻하게 적혀 있다. 라면 그릇에는 파, 무 조각, 통마늘이 올라가 있으나 실제로 저렇게 싱싱하고 큼직한 무, 파, 마늘이 들어 있는 건 아니겠지?

스프를 살펴보니 건무 6.3%, 건파 5.9%, 건마늘 5.3%가 들어 있다.(나쁘진 않은걸.) 남편과 함께 먹으려 라면 하나를 다 넣고 끓인다. 귀찮아서 모든 스프를 한번에 넣어버리고 싶었으나 '꼭 조리 마지막에 넣어 드세요.'라고 후첨 분말이 간절히 부탁해서 남겨둔다.

다 끓었다. 라면을 그릇에 담고 한 입 먹어본다. 호로록.

"맛있긴 한데 뭔가 부족한 느낌이야."

"후첨분말 넣었니?"

"아하."

후첨분말을 탈탈 털어 넣고 면을 잘 비벼준다. 다시 한 번 호로록. 음~ 맛있군. 면도 꼬들꼬들하고 맵기도 적당하다. 마늘 맛도 좋다. 라면 국물도 시원하다. 하지만 라면을 먹을 땐 국물까지 먹지 않는다. 면에 국물이 배어 있는 것만으로 충분하다.

무파마의 나트륨 함량은 1720mg. 하루 기준치의 86%이다. 다른 라면도 비슷한 수준이다. 라면 회사들도 스프에 나트륨이 과하게 들어 있다는 걸 알기에 라면 봉지마다 빠짐없이 스프를 적정량만 넣어 나트륨 섭취를 조절하라고 빨간색 글씨로 적어 놓는다.

라면 국물이 아무리 맛있어도 그 국물은 진짜 채소나 고기를 우려낸 것이 아닌 실험실에서 이 맛 저 맛이 나도록 제조하여 만든 가루일 뿐이다. 나이가 들어도 먹고 싶을 때 라면을 먹을 수 있으려면 몸이 건강할 때 조심하는 게 낫다. 한번 큰 병에 걸리고 나면 완치가 되어도 음식을 가려 먹어야 한다. 그게 얼마나 고통스럽고 힘든 일인지는 주변 어르신들의 얘기를 통해 짐작할 뿐이다. 그래서 아무리 맛있는 음식이라도 평소 과하게 먹지 않으려 노력한다. 생각보다 육체적 젊음은 짧다.

남편과 라면을 나눠 먹으니 먹는 것도 금방이다.

"자기야. 근데 나는 아무래도 너구리 순한맛, 진라면 순한맛, 무파마 같은 순한 라면이 입맛에 맞는 것 같아."

"너 이제 틈새라면이랑 열라면 먹고 글 써야 되는데?"

아 진짜….

맵기 · ●●●●●
특징 · 매운맛이 신라면의 7배임
추천 · 청양고추를 후식으로 먹을 정도로 매운 걸 좋아한다면

14

틈
새
라
면

스코빌 척도라고 들어 보셨는지요? 미국의 약사 윌버 스코빌이 만든 척도로 고추나 후추 같은 고추과 식물의 매운맛을 측정하는 데 사용된다. 스코빌 척도에서는 SHU라는 단위를 사용하는데 전혀 안 매운 건 0이며 매워질수록 조금씩 수치가 높아진다. 2012년 팔도중앙연구소와 삼양식품에서 매운 라면의 스코빌 지수를 조사했다. 6위는 신라면(1320). 5위는 진짜진짜 맵다.맵다!(2724). 이런 제목의 라면도 있다는 게 신기할 따름이다.

4위는 열라면(2995). 3위는 남자라면(3019). 2위는 불닭볶음면(4404). 1위는 짐작하셨듯이 틈새라면(8557)이다.

스코빌 지수를 살펴보면 틈새라면이 압도적인 1위다. (현재는 더 매운 라면들이 나와 3~4위로 밀려났다.) 매운맛이 신라면의 7배나 된단다. 신라면도 매워서 못 먹는데 틈새라면은 얼마나 매울지 상상도 안 간다. 틈새라면이 있다는 건 알았지만 이 정도로 매운 라면인 줄 몰랐다. 대체 이런 걸 누가 먹는다고? 라면 포장지 뒷면을 보니 '틈새라면은 1981년 김복현 사장이 명동 작은 골목집에서 강렬한 매운맛의 빨계떡으로 시작한 라면 전문점'이라고 적혀 있다.

인터넷을 찾아보니 전국에 체인점이 있는 라면 회사이다. 그러고 보니 우리 동네에서도 길을 가다 간판을 보긴 했다. 그러니까 원래 틈새라면 라면 전문점에서 빨계떡을 팔고 있었는데 어느 날 팔도식품과 손을 잡고 콜라보레이션 라면을 만든 것이다. 틈새라면 체인점에서 파는 라면은 시중에서 파는 것과는 조금 다른 라면이라고 한다.

그럼 빨계떡은 또 뭐지? 이건 초창기에 김복현 사장이 개발한 라면으로 고춧가루를 잔뜩 넣어 빨간 국물에 계란과 떡을 넣은 라면이라는 뜻이다. 라면봉지 우측 상단에 보면 의인화된 빨간 청양고추 한 명이 날개 달린 옷을 입고 삼지창을 든 채 무언가를 무찌르러 가는 모습이 그려져 있다. 창끝에는 고추, 달걀, 떡이 하나씩 꽂혀 있어 빨계떡 의미를 추측할 수 있다. 그럼 라면에 달걀과 떡도 들어 있을까? 당연히 없다. 조리법에 보면 기호에 따라 넣어먹으라고 되어 있다. 그러면 표지에 빨계떡이라는 단어는 적지 말았어야죠.

라면 표지 왼쪽 상단에는 '매운맛의 자부심 맵부심'이라 적혀 있다. 이런 식으로 단어를 만드는 건 좀…. 그릇에 담긴 라면 국물은 무시무시한 시뻘건 색으로 고춧가루도 소복이 뿌려져 있다. 봉지 바탕 자체도 붉다. 라면 면발 위에는 청양고추, 느타리버섯, 팽이버섯, 파, 배추, 달걀이 소담하게 올려져 있다. 어라? 그런데 아무리 봐도 떡은 안 보이네. 빨계떡이라면서요! 글과 그림이 일치되게 신경 좀 써주세요.

봉지 오른쪽 하단에는 아까 뭔가를 무찌르러 가던 빨간 청양고추(그림에서는 머리만 보인다.)가 양반다리를 하고 앉아(숏다리다.) 틈새라면을 먹고 있다. 고추는 뻘뻘 땀과 눈물을 흘리며 라면을 먹는 중이다. 아하. 네가 무찌르려 했던 대상이 극한의 매운맛이었구나. 너도 틈새라면을 먹으며 우는 판에 내 어찌 이걸 먹을 수 있겠니.

이제 라면을 끓일 시간. 나와 남편은 장시간의 토론을 거쳐 둘이서 라면 반 개를 나눠 먹기로 한다. 냉장고에는 계란도 떡도 없다. 까딱하면 한 입 먹고 입 안이 마비될지도 모른다. 혹시 모를 위급 상황에 대비하여 냉동실에 있던 통밀 빵 몇 조각을 꺼내 오븐에 굽는다. 이렇게까지 두려움에 떨면서 틈새라면을 먹어야만 할까? 먹어야만 한다고 남편이 대답한다.

라면을 끓인다. 끓는 냄새부터 맵다. 보글보글 라면이 다 끓었다. 진한 빨간 국물을 보니 정말 먹고 싶지 않다. 호로록 한 입 먹는다. 얼큰하다고 표현하고 싶지만 그냥 맵다. 입 안이 아리다. 한 입으로 충분하다. 남은 라면은 너 그렇게 남편에게 양보한다. 너 많이 먹어. 남편은 비장한 표정으로 라면을 먹는다. 호로록. 별 내색하지 않고 묵묵히 먹는다. 어라? 잘 먹네. 라면을 다 먹은 남편이 커다란 컵에 물을 한가득 따라 단번에 마신 후 입을 연다.

"맵긴 맵네."

맵기 · ●●○○○
특징 · 매우 저렴한 가격
추천 · 가성비가 중요하다면

15

오!
라
면

남편이 말한다.

"왜 엄마들은 라면 끓일 때 물을 정량보다 많이 넣는 걸까? 한강에 라면이 둥둥 떠다니는 것처럼 물을 잔뜩 넣어 끓이면 무슨 맛으로 먹냐고. 어렸을 때 친구 집에 갔는데 친구 엄마도 물을 잔뜩 넣어 끓여 주더라고. 아니 라면에 물 좀 더 넣는다고 라면이 건강식품으로 변하는 것도 아니고. 그럴 거면 차라리 라면을 주질 말던가. 이래서 라면은 아빠가 끓여야 돼. 아빠는 짜건 말건 몸에 좋건 나쁘

건 딱 정량대로 넣어 끓여줬거든.”

내가 대답한다.

“야. 너는 어렸을 때 라면을 먹기라도 했지. 우리 엄만 몸에 나쁘다고 아예 끓여주지도 않았다고!”

이런 대화를 나누는 이유는 오! 라면의 맛 때문이다. 비 내리는 토요일 오후. 우리는 오! 라면을 먹기로 결정하고 물을 끓인다. 라면 이름에 감탄사가 붙을 정도로 맛있는 라면일까? 그렇게 추측하기엔 가격이 너무 싸다. 살짝 불안한 마음이 들지만 둘 다 처음 맛보는 라면이라 한편으로는 설레기도 한다. 라면이 다 끓었다. 국물은 딱 라면 색이며 냄새도 딱 라면 냄새다.

호로록 라면을 한 입 먹자마자 우린 동시에 외친다.

“이건 라면 맛인데!”

그렇다. 오! 라면은 오롯이 라면 맛이 난다. 좀 더 정확히 말하면 라면스프 맛. 국물을 한 입 떠먹어 본다. 음~ 라면스프 맛이다. 다른 맛을 느껴보려 미각을 곤두세워 보지만 소용없다. 어렸을 적 엄마들이 물을 잔뜩 넣고 끓이면 신라면이든 진라면이든 각각의 라면이 가졌던 고유한 특징은 모두 사라지고 순수하게 라면 맛만 느껴지던 것과 같은 맛이다.

오! 라면은 2019년 오뚜기에서 출시한 저가형 라면이다. 따라서 분말스프 안에 건더기가 있는 일체형인데 건더기라고 해봤자 건미역과 계란 후레이크 조금이다. 표지 좌측에 그려진 라면 위에는 달걀, 표고버섯, 대파, 양파, 양송이 버섯, 쑥갓이 올려져 있다. 라면 위에 쑥갓이 올려진 건 처음 본다. 쑥갓의 의미는 무엇일까? 국물이 시원하다는 걸 표현하려 한 걸까?

표지 바탕은 빨간색이며 오! 라면 글자가 거의 정중앙을 차지하고 있다.(강조할 만한 특징이 없기 때문이겠지.) 샛노란 사각형 바탕에 붉은 글자로 이름을 적어놓아 시야에 확 들어온다. 제목 아래에 "라면의 본질을 추구하다"라고 적어놓았는데 맛을 보면 그 말을 부정할 수 없다. 태초의 라면(스프) 맛이라고나 할까. 면은 쫄깃하고 국물은 적당히 매콤하다. 대부분의 라면이 그러하듯.

본질(The essence)이란 무엇일까? 사전에서는 사물이 본래 가지고 있는 성질이나 모습을 본질이라 정의하였다. 플라톤을 비롯한 수많은 철학자가 인간의 본질에 대해 탐구하였는데 그중 스피노자 말이 인상 깊다. 그는 《에티카》라는 책 3부에서 "욕망을 어떤 정서에 따라 어떤 것을 하도록 만드는 것으로 여기는 한, 욕망은 인간의 본질 자체이다."라고 정의하였다.

욕망 없는 인간이 어디 있을까? 욕망의 크기가 사람에 따라 상대적으로 작거나 클 뿐. 우리는 먹고 싶은 욕망을 느끼고 사랑받고 싶은 욕망을 느낀다. 인정받고 싶다는 욕망을 느끼고 무언가를 알고 싶다는 욕망을 느끼기도 한다. 욕망은 부정적으로 쓰이는 경우가 많지만 욕망이 없다면 내 존재의 생생함은 희미해질 것 같다.

나는 책 읽기에 대한 욕망이 강한 편이다. 도서관에 비치된 모든 책을 다 읽고 싶다는 욕망, 서점에 새로 나온 책을 다 살펴보고 싶다는 욕망이 끝없이 솟아난다. 어떤 책을 읽을 때 모르는 내용이 많을수록, 무지함을 느낄수록 지적 즐거움은 더욱 커진다. 책을 읽으면 내 존재가 살아나는 기분이 든다.

남편은 풍경이나 사물을 스스로 만족할 만큼 자유자재로 잘 그리고 싶은 욕망을 가지고 있다. 남편은 틈틈이 그림을 그리고 다른 사람이 그린 그림을 감상한다. 그림을 잘 그리고 싶다는 욕망이 각종 펜, 물감, 스케치북으로 확

대되면 곤란하겠지만 다행히 도구에 관한 욕망은 적은 편이다.(미술 용품이 너무 비싸 욕망을 자제하는 것일지도 모르지만.) **결론은 인간의 본질은 욕망이며 라면의 본질은 오! 라면이라는 것이다.**

맵기 · ●●○○○

특징 · 라면보다 굵은 웨이브 면발

추천 · 짜장면과 라면을 동시에 맛보고 싶다면

16

수
타
면

어렸을 적 아빠는 나와 동생을 위해 2
층짜리 나무 침대를 만들었다. 직접 톱으로 나무를 길이에
맞춰 자르고 망치로 못을 쿵쿵 박아 며칠에 걸쳐 만든 튼
튼한 침대였다. 친구들이 오면 장난을 치는 장소나 아지트
로 변하기도 했던 2층 침대. 아빠는 손재주가 많아 무엇이
든 뚝딱 만들었고 고장난 물건도 쉽게 고쳤는데 목수였던
할아버지 기질을 물려받아 그런 것 같다.

투박한 나무 침대를 볼 때마다 어린 마음에도 우리 아

빠가 만든 것이라는 생각에 괜히 기분이 좋았다. 손으로 무언가를 새롭게 창조한다는 건 그에 따르는 노동과 시간이 필요하다. 그 과정이 고단하다는 걸 알기에 생산자보다는 소비자가 되는 편을 택할 때가 많다.

삼양라면에서 나온 수타면을 보니 반가움과 의혹이 동시에 솟구친다. 요즘은 손으로 반죽한 수타 짜장면도 찾기 힘든 세상인데 수타 라면이라니. 공장에서 대량생산한 라면 면발이 얼마나 쫄깃쫄깃할 수 있을까? 직접 확인해봐야겠다.

라면을 넣고 끓인다. 표지 좌측 상단에 '화끈하게 때렸다!'라는 문구가 적혀 있다. 화끈하게 때려 쫄깃하다는 뜻일까? 아니면 화끈하게 맵다는 뜻일까? 뒷면에 얼큰한 국물맛이 특징이라고 적힌 걸 보니 매운가 보다. 보글보글 라면이 끓는다. 수타면이니 특별히 더 공을 들여 면발을 유심히 확인한 후 알 덴테(면이 살짝 덜 익은 상태) 상태가 되자마자 불을 끈다.

"자기야, 라면 먹자. 이거 수타면이래."

"오호. 내가 한번 먹어볼게."

남편이 먼저 라면을 호로록 한 입 먹는다.

수타면 ──────

"맛이 어때?"

"이게 수타면이라고? 흠."

남편 반응에 나도 한 입 먹어본다.

"이게 수타면이라고?"

"그러게."

아니 화끈하게 때렸다면서요? 면이 전혀 쫄깃하지 않은걸요. 다른 라면과 무슨 차이가 있나요? 수타면답게 면발이라도 좀 굵던가! 국물을 한 입 떠먹는다. 얼큰하긴 하지만 그렇다고 또 아주 맵지도 않다. 그냥 라면 국물 맛이다. 왠지 오! 라면이 생각난다. 너희 둘 단짝 친구니?

초록은 동색이라는 말이 있다. 비슷한 사람끼리 함께 어울린다는 뜻이다. 정반대의 성향을 가진 사람들이 만나 결혼도 하고(나와 남편처럼. 그때는 성향이 비슷한 줄 알았답니다.) 친구 관계를 맺기도 한다. 하지만 단짝 친구들을 떠올리면 아무래도 난 비슷한 성향의 사람들과 어울리는 걸 좋아하는 것 같다.

요나스 요나손의 소설《창문 넘어 도망친 100세 노인》에는 헤르베르트와 니 와얀 락스미(아만다)라는 재미있는 커플이 등장한다. 둘 다 멍청하고 지능이 낮은 인물로 묘

사되어 있는데 서로 다른 국적임에도 불구하고 왠지 상대방에게 관심이 간다. 락스미는 헤르베르트를 보고 자신과 많은 공통점이 있다는 느낌을 받는다. 그 역시 마찬가지인데 자기만큼 둔한 사람을 지금까지 만나 본 적이 없었기 때문이다.

얼마 후 둘은 결혼에 성공하고 헤르베르트는 몇 주 동안 아내 이름을 외워 보려 애쓰지만 결국 포기하고 만다. 남편이 아내에게 말한다.

"여보. 난 아무리 해도 당신 이름이 생각나지 않아. 그냥 이름을 아만다라고 하면 안 될까?"

"아주 좋은걸! 아만다... 아주 예쁜 이름이야. 하지만 왜 하필 아만다야?"

"나도 몰라. 당신에게 더 좋은 생각이라도 있어?"

락스미는 별다른 생각이 없기에 그날부터 그녀의 이름은 아만다가 된다. 얼마나 사랑스러운 부부인지.

수타면은 다른 라면과 차별화하려고 나름 노력을 하긴 했을 것이다. 하지만 쫄깃한 면발과 얼큰한 국물은 대부분의 라면이 가지고 있는 특징이라 부각되지 않는다.

수타면이라는 이름에 맞게 면발에 좀 더 신경 썼더라

면 좋았을 텐데. 라면 세계에서 라면이 아닌 다른 존재가
되기를 꿈꾸는 것도 이상하긴 하겠지만.

맵기 · ●●○○○○
특징 · 해산물을 풍성하게 넣은 듯한 풍미
추천 · 금요일 저녁 혼자서 포장마차 분위기를 내고 싶은 분

17

해
물
라
면

살면서 잊지 못할 오징어 튀김을 두
번 먹은 적이 있다. 한번은 세비야에 있는 어느 로컬 식당
에서다. 민박 주인이 꼭 가보라고 해서 저녁을 먹을 겸 방
문했다. 한국에서는 오징어를 기다랗게 잘라 튀겨주는데
외국에서는 동그랗게 말아 튀긴다. 보통 외국에서 먹는 오
징어는 깔리마리(calamary)라 하는데 오징어(squid)보다 작고
덜 질기다. 동글동글한 오징어 튀김을 하나 집어 먹었는데
튀김이 바삭하지 않고 부드러웠다. 부드러운 오징어 튀김

이라니. 그런데 희한하게 정말 맛있어서 포장을 따로 하여 숙소로 가지고 간 기억이 있다.

또 한번은 다낭에 있는 안방비치에서 먹었던 오징어 튀김이다. 여러 식당에서 모래사장을 따라 가게 파라솔을 펼쳐 놓았는데, 파라솔에 앉으려면 뭔가 먹을 걸 시켜야 했다. 우리는 간단하게 마실 맥주와 오징어 튀김을 주문했 고 관광지라 음식 맛은 전혀 기대하지 않았다. 그런데 이 바삭바삭하고 신선한 오징어 튀김은 어디서 온 거지? 파 라솔 그늘에 비스듬히 누워 바다를 바라보며 시원한 맥주 와 뜨거운 오징어 튀김을 호호 불어 먹는 호사를 누렸다.

갑자기 오징어 얘기를 꺼내는 이유는 팔도에서 만든 해물라면 때문이다. 라면에 든 해산물을 살펴보니 오징 어가 제일 많이 들어 있다. 표지에도 오징어가 예쁜 척을 하며 웃고 있는데 입모양이 딱 셀카 찍는 표정이다. 그 옆 엔 새우, 홍합, 미더덕(도토리 같이 생긴 아이)이 함께 미소 짓고 있다. 스프에 해물이 총 9.03% 들어 있는데 그중 오징어 3.77%, 새우 2.11%, 홍합 0.11%, 미더덕 0.02%이다. 오 징어가 많이 들어 있으니 맛있을 것 같은 예감이 든다. 난 오징어를 좋아하니까.

라면을 끓인다. 보글보글. 해물 향이 솔솔 난다. 다 익었다. 국물을 한 입 떠먹는다. 오. 해물 맛이 나는 걸. 라면을 한 젓가락 호로록 먹어본다. 오. 해물 맛이 난다. 라면 표지에 '해물이 라면 맛을 살렸다!'라고 적어놨는데 그 말에 동의한다. 면발에 해물 맛이 잘 배어 먹을 때마다 진짜 해물을 넣은 라면을 먹는 기분이 든다. 그런데 오징어는 어디에 있지? 남편에게 오징어가 보이지 않는다고 하니 몇 개 찾아 준다.

"이게 오징어인 것 같은데?"

"정말? 너무 작아서 오징어인 줄 몰랐어. 오징어가 국물에 다 녹았나 봐."

비록 직접 오징어 씹는 맛은 느낄 수 없지만 해산물 맛은 풍부하게 느껴진다.

눈에는 보이지 않지만 강한 존재감을 드러내는 재료들이 있다. 이를테면 바닐라빈 같은 것. 바닐라빈은 바닐라라 불리는 덩굴식물의 열매이다. 바닐라콩이 들어있는 바닐라빈은 마른 나뭇가지처럼 생긴 꼬투리 모양이다. 바닐라의 주 생산지는 마다가스카르와 인도네시아인데 두 나라에서 전 세계 바닐라의 90%가 생산된다고 한다.

바닐라 꼬투리는 진한 꽃향기와 달콤한 향기를 가지고 있어서 요리할 때 조금만 넣어도 엄청난 풍미를 느낄 수 있다. 하지만 우리가 흔히 먹는 바닐라맛 아이스크림이나 바닐라향 과자에는 인공 바닐라향이 첨가됐다고 보면 된다. 그 이유는 바닐라 꼬투리가 샤프란 다음으로 비싼 향신료이기 때문이다. 쇼핑몰을 검색해 보니 현재 16cm 길이의 바닐라 꼬투리 8개(25g)가 25,000원에 팔리고 있다. 비싸긴 하다. 그러나 당신이 진짜 바닐라빈이 들어간 음료나 케이크를 맛본다면 눈이 오징어만큼 커질지도.

검은 바닐라 꼬투리를 세로로 길게 자르면 그 안에 바닐라콩이 들어 있다. 이걸 칼로 살살 긁어내면 찐득찐득한 검은 콩이 나온다. 물과 설탕을 냄비에 반반 넣어 끓인 후 식힌다. 유리병에 시럽을 담고 긁어낸 바닐라콩과 바닐라 줄기 몇 개를 함께 넣으면 바닐라 시럽이 된다.

라떼를 만들 때 바닐라 시럽을 한 스푼 넣어 보시라. 입안이 온통 바닐라향으로 가득 찬다. 눈에 보이는 건 바닐라콩에서 나온 까만 점들뿐이지만 그 향기로움은 막강하다. 스프에 녹은 오징어분말처럼.

라면을 끓인다.
보글보글.
해물 향이 솔솔 난다.
다 익었다.
국물을 한 입 떠먹는다.
오!

맵기 · ●○○○○
특징 · 튀기지 않은 면
추천 · 비 오는 날에 잘 어울려요

18

멸치 칼국수

박형서 단편집 《자정의 픽션》은 냉동실에 넣어둔 멸치가 감쪽같이 사라지며 시작된다. 수제비를 해 먹으려던 가난한 남자와 여자는 배고픈 상태로 침대에 눕고 여자가 묻는다.

"멸치가 도대체 어디로 간 거야?"

그들은 상상의 나래를 펼친다. 육수용으로 끓여지던 죽방멸치들이 서로 힘을 합쳐 고향인 남해로 되돌아가 버렸다고. 작품에서 멸치의 리더 격인 성범수(멸치 이름)는 이렇게 말한다.

"우리 죽방멸치는 오로지 국물만 우린 뒤 음식물 쓰레기로 버려진다. 사람들은 국물을 내기 전에 우리의 머리와 내장을 떼어낸다. 머리와 내장은 지성과 영혼이 담긴 그릇이다. 우리는 더 이상 이러한 푸대접을 참아서는 안 된다. 여기서 부당한 대우를 받으며 체념과 묵상으로 도망칠 바에야 어떻게든 힘을 합쳐 고향 남해로 돌아가야 한다."

우정으로 똘똘 뭉친 멸치들은 힘을 합쳐 비닐을 찢고 냉동실 밖으로 탈출한다. 변기 안으로 들어간 그들은 결국 시궁창 하수도에 도착한다. 멸치들이 남해로 향하는 여정을 막 시작한 것처럼 남자와 여자도 일상에서의 탈출을 꿈꾼다. 멸치들이 서로를 부축하며 남쪽 바다로 향하듯 그들도 삶의 여유를 꿈꾸며 잠이 든다.

농심에서 나온 멸치 칼국수는 이름에도 멸치가 들어가 있지만, 라면 표지에는 멸치 한 마리 보이지 않는다. 대신 바지락 몇 마리가 입을 벌리고 라면 위에 올려져 있다. 원재료명을 샅샅이 살펴봐도 조개 분말은 없는데 이건 뭔가요? 소설 속 멸치들이 국물만 우려내고 버려진다고 울분을 토할 만하다. 멸치야 미안해.

라면을 끓여본다. 멸치 칼국수는 기름에 튀기지 않은 면이라 느끼하지 않고 개운하다고 라면 뒷면에 적혀 있다. 스프에 멸치가 5.9% 들어 있어 그런지 구수한 멸치 육수 냄새가 난다. 라면이 다 끓었다.

면발은 굵은 웨이브 느낌이다. 표지에 그려진 면발 그대로다. 호로록. 한 입 먹어본다. 면발은 쫄깃하고 국물은 짭짤하다. 얼추 밖에서 사 먹는 칼국수 맛이 난다. 아련하게 매운맛과 시원한 맛이 동시에 느껴진다. 그런데 먹다 보니 조금 느끼하다. 튀기지 않은 면이라 깔끔할 줄 알았는데 스프 때문에 그런 건가. 라면 안에 노란 달걀 지단이 상당히 많이 들어 있어 인상적인데, 표지 그림에는 지단 하나 올라가 있지 않다. 아무래도 표지 디자인 팀에 문제가 있는 것 같다.

반짝반짝 은빛으로 빛나는 멸치는 청어목의 바닷물고기이다. 몸은 긴 유선형이며 얇은 비늘로 싸여 있다. 아가미로 작은 플랑크톤을 걸러 먹는다고 한다. 위턱이 길게 돌출되어 아래턱을 덮고 있고 머리가 몸통보다 커서 인간의 시각으로 봤을 때 예쁘다고 할 수는 없는 외모이다. 게다가 눈동자까지 커다랗기에 조금 큰 멸치를 볶아놓으면 멸치가 째려보는 기분이 들 수도 있다. 그래서 멸치볶음은 눈알이 잘 보이지 않는 작은 멸치로 만들어야 한다. 안 그러면 먹을 때마다 무서워지니까.

국물을 낼 때 멸치처럼 사랑받는 재료가 또 있을까? 대부분의 한국 국물 요리는 멸치 육수만 있으면 반은 성공이다. 예를 들어 된장찌개를 끓인다면 멸치 국물에 깍둑썰기한 온갖 야채를 넣고 보글보글 끓인 후 된장을 풀어주면된다. 잔치국수라면 국수를 삶아 찬물에 씻은 후 면기에담고 잘게 썬 김치, 김가루, 간장을 넣은 후 뜨거운 멸치 국물을 부으면 된다.

멸치를 우릴 때 풍기는 냄새는 향수를 불러일으킨다. 어렸을 때 엄마가 끓여주던 된장찌개가 생각나고, 주일마다 교회에서 다 같이 먹던 국수가 생각난다. 길을 지나다식당에서 멸치 육수 냄새가 풍겨 나오면 왠지 그 집에 들어가 밥을 먹고 싶다. 멸치 육수는 고기 육수와는 다른 구수함과 정겨움을 느끼게 한다.

인간을 위해 뼛속까지 희생하는 멸치에게 고마운 마음을 전한다.

면발은 굵은 웨이브 느낌이다.
표지에 그려진 면발 그대로다.
호로록.
한 입 먹어본다.
면발은 쫄깃하고 국물은 짭짤하다.

맵기 · ●●●○○
특징 · 국물에서 진한 불맛이 느껴짐
추천 · 오징어 짬뽕에 질렸다면

19

진짬뽕

곱창, 족발, 장어, 회. 내가 먹지 못하는 음식들 중 일부이다. 생김새가 이상하거나 익히지 않은 음식은 먹기 힘들다. 하지만 양념게장은 무척 좋아했는데, 어리석게도 꽃게를 찜기에 익힌 후 양념을 한 줄로 착각했기 때문이다. 살아 있는 게 위에 양념장을 바른다는 사실을 알고 충격을 받아 한동안 안 먹기도 했다. 하지만 이미 마음은 양념게장에 가 있으니 이를 어쩌랴. 결심은 흐지부지되고 식당에서 양념게장이 나오면 다시 맛있게 먹기 시작했는데 어느 날 안도현 시인의 시 '스며드는 것'을 읽게 되었다.

"꽃게가 간장 속에/ 반쯤 몸을 담그고 엎드려 있다/ 등판에 간장이 울컥울컥 쏟아질 때/ 꽃게는 뱃속의 알을 꺼안으려고/ 꿈틀거리다가 더 낮게/ 더 바닥 쪽으로 웅크렸으리라(중략)/ 껍질이 먹먹해지기 전에/ 가만히 알들에게 말했으리라/ 저녁이야/ 불 끄고 잘 시간이야"

한번 읽고 나면 평생 머릿속에 남는 시들이 있다. 이 시를 읽어버렸으니 난 끝장난 거다. 그 후로 꽃게만 보면 이 시가 떠오른다. 오뚜기에서 만든 진짬뽕 표지 중앙에 큼지막한 꽃게 다리 두 개가 보인다. 꽃게 다리를 보니 알을 보호하기 위해 간장 통 안에서 버둥거리는 꽃게가 떠오른다. 이런. 어서 생각을 떨쳐내야 한다. 라면에 집중해야 한다.

표지에 그려진 라면 사진엔 온갖 재료가 올라가 있다. 오징어, 바지락, 홍합, 꽃게 다리, 청경채가 화려한 면모를 뽐내고 있다. 게다가 대파는 살짝 그을리기까지 했다. 표지만 봐서는 진짜 짬뽕처럼 그럴듯해 보인다. 진짬뽕 글자

진짬뽕

는 시뻘건 붓글씨체로 적혀 있는데 자신이 진짜짬뽕임을 강력히 주장하는 것처럼 보인다.

라면을 뜯어보니 스프가 세 개다. 건더기스프, 액체스프, 유성스프. 건더기 스프에는 청경채, 양배추, 오징어, 당근, 게맛살, 파, 미역, 목이버섯이 들어 있다. 한번 끓여 보자. 물을 끓일 때 건더기스프를 같이 넣으라고 적혀 있다. 물이 끓으면 면과 액체스프를 넣고 다 끓인 후 유성스프를 넣는다. 유성스프는 고추기름처럼 보인다. 면발은 멸치칼국수처럼 굵고 납작한 면발이다. 요즘 이런 면발이 유행인가? 난 얇은 면발이 좋은데.

다 끓었다. 남편이 먼저 한 입 먹는다. 호로록.

"무슨 맛이 나니?"

"불에 구운 오징어 맛."

"진짜?"

나도 한 입 먹어본다. 호로록.

"난 그런 맛 안 나는데."

국물을 한 수저 떠먹는다. 짬뽕국물을 가장한 라면국물로 생각보다 맵지는 않다. 진한 불 맛이 느껴진다. 면발만 먹을 때는 잘 모르겠다. 맛있긴 한데 불에 구운 오징어 맛은 절대 나지 않는다. 하지만 남편은 나보다 미각이 예민하니 남편 말이 맞을 수도 있다. 어쨌든 맛있다. 비싼 라면이니 비싼 값을 하는 거겠지. 인터넷에 찾아보니 유성스프가 불 맛을 내는 역할을 한다고 한다. 고추기름을 넣지 않으면 맛이 없다는 후기가 있다. 오호. 안 넣고 한 번 먹어 볼걸.

고추기름이 절대 빠져서는 안 되는 음식 중 하나는 순두부찌개다. 고추기름이 빠진 순두부찌개를 상상해 보라. 밖에서 파는 고추기름은 맛과 향이 부족하니 집에서 순두부찌개를 끓일 땐 고추기름을 만들어 넣으면 좋다. 엄청 쉽다. 재료는 고춧가루, 다진 마늘, 식용유만 있으면 된다.(대파나 생강을 넣으면 더 좋고.) 세 항목을 동일한 분량으로 섞은 후 후라이팬에 넣고 약불에 5분간 저어가며 볶아준다. 식힌 후 거름망에 따라내면 완성. 쓰고 남은 고추기름은 유리병에 담아 냉장고에 보관하면 된다. 남은 건 어디에 쓰냐고? 진짬뽕에 넣으면 되죠!

볶음 요리에 고추기름을 한 수저 넣으면 중화풍으로 변신한다. 어묵 볶음에도 넣고 버섯볶음에도 넣어 보시라. 국물 떡볶이 대신 고추기름을 넣은 기름 떡볶이를 만들어

도 맛있다. 그러고 보니 효자동 통인시장 안에 있는 기름
떡볶이가 먹고 싶다. 고춧가루와 기름만으로 버무렸을 뿐
인데 참 맛있단 말이지.

맵기 · ●●○○○
특징 · 횡성한우가 진짜 들어있음
추천 · 식사 때마다 고기를 포기할 수 없는 분

20

쇠고기면

내 친구 용만이는 몇 안 되는 소중한 친구 중 한 명이다. 대학교 1학년 때 처음 만났는데 지금까지 연락을 하는 유일한 대학 친구이기도 하다. 용만이 고향이 횡성이라 사람들은 종종 그에게 말한다.

"횡성 한우 많이 먹겠네."

그때마다 용만이는 대답한다.

"횡성 한우 비싸서 횡성 사람들도 못 먹어요."

난 횡성 한우를 한 번도 못 먹어봤기에 언젠가 용만에게 그게 진짜 다른 고기와 다르긴 하냐고 물은 적이 있다. 용만이는 이렇게 대답했다.

"가족끼리 삼겹살이랑 횡성 한우랑 둘 다 구워 먹은 적이 있었어. 삽겹살을 먹다 횡성 한우를 한 점 먹었거든. 그리고 다시 삼겹살을 먹었는데 갑자기 삼겹살이 고기로 안 느껴지더라."

그만큼 횡성 한우가 맛있다는 얘기다.

그런데 왜 한우는 횡성이 유명할까? 강원도 횡성은 논농사가 발달해 한우에게 필요한 볏짚이 풍부하고 소들이 뛰어다닐 수 있는 들판이 넓게 펼쳐져 있다. 또한 횡성은 산간지역에 위치해서 쌀쌀한 기후를 유지하기에 한우의 체내 지방축적률이 높고, 그게 육질을 부드럽게 한다고 한다. 부드러운 고기에 향미까지 뛰어나니 사람들이 좋아할 요소를 다 갖추었다. 횡성 한우는 혈통등록 관리 시스템까지 있어 우수한 품질의 고기를 생산하고 유지할 수 있다고 한다.

삼양에서 만든 쇠고기면을 살펴보니 100% 횡성 한우

를 사용한다고 표지에 적혀 있다. 왼쪽 하단에는 '횡성 군수가 품질을 인증한 횡성 한우고기입니다'라고 적힌 동그란 인증마크 모양까지 있다. 라면이 담긴 그릇 위로 '한우의 고장 횡성군이 인정한' 문구도 있다. 라면 표지가 온통 횡성 한우 얘기뿐이군. 오른쪽에는 소 한 마리가 바지도 없이 흰 저고리만 입고 똑바로 서서 엄지를 치켜세우며 미소 짓고 있다. 이 소의 이름은 횡성군 마스코트인 한우리라고 작은 글씨로 적혀 있다. 한우리야. 너에게 무슨 일이 벌어질지 알고는 있는 거니?

어쨌거나 나도 태어난 지 40년 만에 횡성 한우를 먹어보게 되었다. 스프 중 쇠고기가 1.08% 함유되어 있다고 하니 미약하게나마 맛을 느낄 수는 있을 것이다. 건더기 스프조차 들어 있지 않은 저가 라면인데 회사가 너무 무리하게 투자하는 건 아닌가 하는 생각이 들기도 한다. 라면을 뜯는다. 면발이 스낵면처럼 가늘다. 여기서 잠깐. 라면 면이 꼬불꼬불한 이유는 무엇일까? 면이 구불구불하면 압축하듯 부피를 줄일 수 있고, 면발 사이로 뜨거운 물이 잘 순환되어 빨리 익힐 수 있어서라고 한다.

스프를 넣고 라면을 끓인다. 금방 끓었다. 호로록. 남편이 먼저 한 입 먹어본다. 소고기 맛이 나냐고 물어보니 잘 모르겠다고 한다. 나도 한 입 먹어본다. 소고기 맛이 나지 않는다. 국물을 한 입 떠먹어 본다. 고기 맛이 나는 것 같기도 하다. 맵지 않은 순하고 소박한 라면 맛이라 입에는 잘 맞는다.

한 번 더 잠깐. 쇠고기와 소고기 중 맞는 단어는 무엇일까요? 쇠고기 하면 쇠로 만든 고기라는 느낌이 들지만 '쇠'는 '소의'를 줄인 말이라고 한다. 따라서 둘 다 표준어라고 하네요.

올해는 6월 초부터 더위가 몰려왔다. 갑작스레 여름이 시작되니 입맛도 없고 시원한 수박 생각만 난다. 남편에게 점심으로 과일 샐러드와 빵을 먹자고 제안하니 자기는 라면을 먹겠단다. 라면 프로젝트 한다고 사다 놓은 쇠고기면 유통기한이 며칠 안 남았다는 거다. 이 더위에 라면이라니.

나는 맛 평가를 위해 한 젓가락만 먹은 후 과일을 먹기로 했다. 하지만 라면을 아예 안 먹을 수는 있지만 한 젓가락만 먹을 수는 없는 법. 라면은 사람 마음을 바꾸는 강력한 힘이 있다. 게다가 맵지도 않고 고소해서 자꾸 쇠고기면에 눈길이 간다. 남편은 혹여 내가 더 달라고 할까 봐 냄비를 끌어안고 맹렬한 속도로 라면을 흡입하는 중이다. 흥. 치사해서 안 먹어. 남편이 회사에 가면 남은 라면을 몽땅 끓여 먹어야겠다.

맵기 · ●●○○○
특징 · 다시마와 너구리 고명이 들어있음
추천 · 우동처럼 오동통한 면발을 좋아한다면

21

너
구
리

서울 한낮 기온이 35도까지 올라갔
다. 이런 날은 가스 불을 켜는 게 내키지 않지만 내 사랑 너
구리라면 기꺼이 뜨거움을 참을 수 있다. 남편이 회사에
있는 시간이라 라면을 반 개만 끓여야 하지만 특별히 한
개를 다 먹기로 한다. 내 사랑 너구리 순한 맛이니까.

농심에서 나온 너구리는 1982년생으로 나와 동갑이

다. 통통한 면발 때문에 2000년대 중반까지 공식 명칭은 너구리 우동이었다고 한다. 면발이 굵어 조리시간이 5분이나 되고 따라서 라면봉지에 뜨거운 물을 부어 면을 익혀 먹는 뽀글이용으로 적절하지 않다.

너구리 하면 다시마를 빼놓을 수 없다. 다시마는 82년부터 현재까지 전남 완도군에 있는 금일도에서 주로 생산된다고 하는데 그 양이 금일도 연간 건다시마 생산량의 15%에 달한다고 한다. 지역 어민들은 너구리 때문에 마음이 든든하겠구나.

라면 봉지에서 가끔 무작위로 다시마가 여러 장 나올 수도 있다. 알려진 최다 기록은 9장이라고 한다. 중복으로 다시마가 들어가는 이유는 다시마를 넣는 공정이 수작업으로 이루어지기 때문이라고.

그런데 왜 너구리일까? 이름은 신춘호 회장이 지었다고 하는데 동물 너구리의 오동통한 이미지를 연상하며 붙였다고 한다. 하지만 개과에 속하는 너구리는 주둥이가 쫑긋 나오고 볼은 쏙 들어간 모양새라 오통통하기보다는 귀여워 보인다. 라면 표지에 그려져 있는 너구리의 각진 턱을 보시라. 사람들 사이에서는 일본 타누키 우동에서 유래

했을 거라는 설이 퍼져 있다. 어찌되었든 진짜 너구리가 들어가지 않아 다행이야. 쇠고기면은 진짜 한우가 들어가거든.

라면을 끓여볼까? 보통 라면은 네모난 모양인데 너구리는 둥글게 형태가 잡혀 있다. 모양도 참으로 예쁘구나. 지우개만 한 다시마가 하나 들어 있다. 후레이크 봉지에는 너구리 모양 고명이 7개 들어 있는데 달걀 프라이 고명만큼 귀엽다. 그런데 얘네들이 얼굴밖에 없어 물 위에 얼굴만 둥둥둥둥 떠오르니 갑자기 무서워진다. 이런 반전이 있나!

라면이 끓는 동안 포장지를 살펴보자. 순한 너구리답게 표지는 전체적으로 온화한 주황색이다. 표지 맨 위쪽에는 나무로 된 봉이 가로질러 있고 하얀 천이 달려 있다. 천에는 검은색으로 '너구리'라고 적혀 있다. 봉에 천을 걸어놓은 걸 보니 일본 상점이나 주점에서 자주 볼 수 있는 노렌이 연상된다. 일본에서 노렌은 상품의 품질을 보증한다는 의미로서 가게 이름이나 문양을 새겨 입구에 걸어놓는다.

표지 우측 아래쪽에는 흰색 앞치마를 두른 너구리 한

마리가 서 있다. 머리에는 파란 리본을 꽂았다. 그 옆에는 파란 리본을 꽂고 눈을 동그랗게 뜬 다시마가 점프하듯 뛰어오르고 있다. 왜 둘 다 파란 리본을 머리에 꽂았을까? 근데 너구리 왼손에 들려 있는 동그란 원통형의 물건은 뭐지? 처음엔 머스타드가 담긴 소스통인 줄 알았다. 밀대인가?

라면이 다 끓었다. 호로록 한 입 먹어본다. 통통하면서도 쫄깃쫄깃한 면발. 짭짤하면서 맵지 않은 국물. 풍성한 미역 건더기. 역시 너구리는 언제 먹어도 맛있다. 하지만 국물에 떠 있는 너구리 얼굴 고명은 여전히 신경 쓰인다. 그렇게 천진난만한 눈빛으로 날 쳐다보면 어쩌라는 거니. 눈 주위에 둘러진 테두리를 보니 눈 밑까지 검은 가면을 쓴 쾌걸 조로가 떠오르기도 한다. 애써 너구리 고명을 외면하며 라면을 먹는다.

너구리를 소재로 한 노래도 있다. 가수 '생각의 여름'이 부른 '오늘 밤엔 너구리'. 가사는 이렇다.

'밤에 먹으면 안 되는 걸 알지만. 내일 아침에 일어날 일을 알지만. 어쩔 수 없어. 오늘밤에 너구리~~'

노랫말과 선율이 착착 감긴다. 어쩔 수 없지. 너구리

라면 밤에도 낮에도 아침에도 먹을 수 있는걸. 얼굴이 오동 통통하게 부어오를지라도 너구리를 거부하긴 쉽지 않지. 모처럼 라면 하나를 혼자 다 먹었다.

맵기 · ○○○○○
특징 ·노란 달걀 후라이 고명이 들어있음
추천 · 짜파게티보다 굵은 면발을 원한다면

22

진
짜
장

어라? 면이 진짬뽕이랑 똑같네. 난 얇은 면이 더 좋은데. 진짜장 라면 봉지를 뜯었더니 면이 두껍다. 왠지 만족스러울 것 같지 않은 예감이 든다. 하지만 반전이 있을 수도 있으니 우선 끓여보자. 진짜장은 오뚜기에서 2015년에 출시한 프리미엄 짜장라면 중 하나이다. 라면 표지는 군더더기 없이 깔끔하다. 중앙에 커다란 짜장면 한 그릇이 놓여 있는 사진 한 장이 전부이다. 우측 중간에 '진한불맛! 짜장소스!'라고 적혀 있다. 진한 불맛은 맛보면 알게 될 테고 짜장소스라는 단어는 굳이 왜 적어 놓았을까? 보통 짜장면은 짜장 소스가 올라가야 짜장면이라 불리는 거 아닌가요? 저만 모르는 다른 뭔가가 있는 건가요?

건더기와 면을 넣고 라면을 끓인다. 건더기 안에는 귀여운 달걀 프라이 모양의 고명이 들어 있다. 4분간 면을 익힌 후 물을 알맞게 따라버리고 소스를 넣는다. 프리미엄 라면답게 액상 소스다. 액상 소스는 다 좋은데 분리수거하기가 너무 번거롭다. 짠다고 짰지만 여전히 소스가 묻어 있는 봉지를 물에 싹싹 씻어 비닐류로 분리해야 하기에 소스 낭비, 물 낭비가 동시에 생긴다. 소스를 정성껏 냄비에 짜 넣은 후 다시 불을 켜고 1분간 소스와 면을 섞는다. 면을 완전히 익힌 후 소스를 넣어 비벼먹는 것보다, 면을 살짝만 익힌 후 소스를 넣고 불에 한 번 더 볶아주는 게 맛이 좋다. 소스가 살짝 졸아들면서 면발로 맛이 스며드니까.

그런데 노란 달걀 프라이 고명은 다 어디로 갔지? 살펴보니 검은 짜장 소스에 묻어 몽땅 까맣게 되어 버렸다. 아니, 이럴 거면 굳이 앙증맞은 달걀 프라이 모양으로 만들 필요가 있을까? 어차피 보이지도 않는데. 우선 한번 먹어 보자. 호로록. 음. 고온에 볶은 진한 불맛은 나지 않는다. 그냥 살짝 불맛 정도? 짜장소스는 진하나 진한 만큼 짜다. 얇은 짜파게티 면에 익숙해져서인지 굵은 면도 마음에 들지 않는다.

불만이 스멀스멀 올라오려는 순간 〈오무라이스 잼잼〉 만화가 떠오른다. 조경규 작가는 7권에서 인스턴트 식품에 대해 이렇게 얘기한다.

"수없이 많은 시행착오와 오랜 시간 연구로 완성되었을 이런 식품들은 인스턴트라는 네 글자로 요약되는 순간 그 가치가 수직 강하하곤 한다."

맞는 말이다. 인스턴트 라면은 공산품이 넘쳐나는 현대 사회에서 별것 아닌 듯 보이지만 연구원들은 동일한 맛을 유지하고 품질 향상을 위해 몇십 년간 연구해 왔다. 그 결과물이 지금 내 앞에 놓인 라면 한 그릇이다.

아빠는 중학생 때 처음 라면을 먹어 봤는데 그 맛이 '환상적'이었다고 했다. 그렇게 라면이 먹고 싶었는데도 집이 가난해 자주 사먹지 못했다고 한다. 엄마 역시 라면 한 봉지를 사면 거기에 미역과 소면을 잔뜩 넣어 오빠 두 명과 나눠 먹었다고 하니, 1960년대만 해도 라면 한 그릇은 정말 정말 귀한 음식이었던 셈이다. 하지만 현재 나는 각종 라면을 수십 봉지 사서 내키는 대로 골라 먹으며 맛있네 맛없네 품평이나 하고 앉아 있다. 심지어 인스턴트 식품은 되도록 절제하고 신선한 야채와 과일을 먹으려 노력하니 부모님과 나는 상상할 수 없을 정도로 다른 세계를 살아온 것이다.

갑자기 인스턴트 라면에 대한 고마움이 솟아난다. 인스턴트(instant)는 '즉각적인, 순간의'라는 의미를 가지고 있다. 5분 만에 한 끼 식사 차리는 걸 가능하게 하는 라면. 나트륨 비율이 과하긴 하지만 탄수화물, 지방, 단백질도 적절하게 들어 있는 라면. 몸이 피곤하거나 바쁠 때 최소한의 노동만으로 먹을 수 있는 라면. 무게가 가벼워 어디를 가든 쉽게 챙겨갈 수 있는 라면. 먹거리의 풍요 속에 살다 보니 라면의 귀함을 깜박했다.

마음을 고쳐먹고 진짜장을 먹어본다. 호로록. 뭔가 아쉽긴 하나 맛은 있다. 아쉬운 부분이 뭔지 곰곰이 생각하다 집에 있는 올리브 오일을 휘리릭 넣고 비벼본다. 다시

한입. 이거였군. 기름이 들어가니 맛이 살아난다. 그래. 기름이 듬뿍 들어가야 짜장면이지. 부모님의 옛 시절을 떠올리며 건더기까지 싹싹 긁어먹었다. 휴. 라면 국물이 없어 다행이다.

맵기 · ●●●●○
특징 · 순수한 매운맛
추천 · 열받아서 라면 먹고 싶을 때

"악. 뜨거."

남편의 비명소리. 놀라 돌아보니 남편이 목과 가슴을 움 켜쥐고 있다. 아침마다 수동 커피머신으로 에스프레소를 내리는데 갑자기 플라스틱으로 된 피스톤 부분이 부러지 며 뜨거운 물이 남편 몸에 튀어 버린 거다. 남편은 급히 목 과 가슴 부분을 찬물로 씻어냈지만 이미 피부가 벌게졌고 가슴 부근은 살짝 벗겨졌다. 우리는 대충 아침을 먹고(그 와 중에 남편이 내려준 커피도 마셨다.) 집 앞 내과를 방문했다. 의사는 상태를 보더니 잘못하면 흉터가 생길 수도 있다며 큰 병원 응급실로 가는 게 어떻겠냐고 한다. 응급실이라고? 사람들 비명소리가 여기저기 들리고 생사가 오가는 응급실로 가라고?

별 생각 없던 우리는 갑자기 겁에 질려 의사 소견서를 움켜쥔 채 택시를 잡아타고 급히 집 근처 종합병원으로 달려간다. 방문자 명찰을 목에 걸고 응급실에 들어가 남편은 침상에 눕고 나는 그 옆에 앉는다. 간호사가 와서 남편 목과 가슴을 살펴보고 "2도 화상이네요." 하며 패치를 붙이더니 "한 시간 동안 누워 있으세요." 하고 가버린다. 남편은 그제야 목과 가슴이 시원하다며 만족스러운 표정을 짓고 나는 주위를 둘러본다. 반대쪽 침상에서는 허리를 삐끗해서 온 청년이 비스듬히 누워있고, 옆쪽 침상에서는 새우 알러지가 있는 여성이 새우가 첨가된 음식을 먹어 얼굴이 퉁퉁 부어 있는데 간호사에게 출근해야 되니 빨리 주사를 놔달라고 재촉 중이다.

"이게 응급실이야? 내가 상상했던 거랑 많이 다른걸."

"그러게. 한적하고 조용하네."

우리는 소곤대며 주변을 관찰한다. 한 시간 후 간호사가 메디폼을 붙여 주고 내일부터 근처 내과에서 소독하라며 집에 가도 된다고 한다.

병원을 나서니 오전 11시. 남편은 하루 휴가를 냈지만 목에 붕대를 덕지덕지 붙인 상태이니 가긴 어딜 가나. 천천히 걸어 집으로 오며 우리는 만장일치로 점심 메뉴를 정한다. 몸에 화상을 입어 열 받을 땐 열라면이지. 오뚜기에서 나온 열라면 표지에는 '열'이라는 글자가 내 마음처럼 활활 타오르고 있다. 표지 오른쪽에는 거대한 청양고추 두 개가 그려져 있고 아래쪽엔 '열나게 화끈한 라면'이라고 적혀 있다.

라면을 넣고 팔팔 끓인다. 고춧가루 향이 확 난다. 다 끓인 라면을 그릇에 붓는다. 국물이 시뻘겋다. 호로록 한 입 먹어본다. 맵긴 한데 예상했던 것보다는 안 맵다. 지금 열 받은 상태라 그런가? 남편에게 무슨 맛이 나는지 물어보니 그냥 매운맛만 난다고 한다. 매운 걸 먹으면 상대적으로 다른 맛은 느껴지지 않는다. 라면 국물을 한 입 먹어본다. 매운 라면 국물 맛이 난다.

왜 스트레스를 받거나 화가 날 땐 맵고 자극적인 음식이 생각날까? 우리가 맵다고 느끼는 건 맛이 아니라 우리 몸의 통각세포가 자극되는 통증이다. 캡사이신이 잔뜩 들어간 매운 음식을 먹으면 아픔을 줄이기 위해 똑똑한 뇌는 엔도르핀 호르몬을 분비하라고 명령한다. 엔도르핀은 통증이나 불안을 감소시키는 호르몬이기에 우리는 매운 음식을 먹으며 고통받는 동시에 기분이 한결 나아지게 되는 것이다.

그래서 그런가? 생각보다는 맵지 않았지만 일반 라면보다는 훨씬 매운 열라면을 먹다 보니 마음이 차분해진다. 얼굴이 아닌 목과 가슴에 화상을 입어 다행이라는 생각이 든다. 큰 병원이 가까운 곳에 있어 다행이고 응급 환자가 적어 평화롭게 진료를 받을 수 있어 다행이라는 생각이 든다. 물과 불을 다룰 때 좀 더 조심해야겠다는 경각심도 들고 별일 없이 살아가는 하루가 얼마나 행운인지 다시 한번 깨닫게 된다.

라면을 먹다 보니 속상한 마음이 가라앉고 감사한 마음이 생겨난다. 이런저런 생각을 하는 사이 라면 국물까지 싹싹 다 마셔버린 남편은 배가 부르다며 소파에 누워 명상

에 잠긴다. 이런. 남편 뇌가 엔도르핀을 너무 과하게 분비
시켰나 보다.

맵기 · ●●●●●
특징 · 달짝지근하면서도 매운맛
추천 · 시험 스트레스 받을 때

24

불
닭
볶
음
면

　　시댁에 다녀왔다. 시댁과 친정이 극
명하게 다른 부분이 있다면 음식이다. 친정에 가면 된장국
과 과일 외에는 먹을 게 없다. 친정 부모님이 드시는 양이
적기도 하거니와 엄마 입에는 모든 음식이 맛있기에 나와
남편이 온다 한들 특별한 반찬이 추가되는 일은 절대 없
다. 따라서 아빠를 닮아 입이 짧은 나는, 친정에 갈 때 어느

정도 배를 채워두는 편이다. 반면 시댁은 온갖 음식들이 풍성하다. 시댁 부모님이 워낙 잘 드시기도 하거니와 어머님이 요리를 끝내주게 잘하셔서 세상의 모든 음식이 우리를 기다리고 있다. 따라서 시댁에 가기 전에는 미리 배를 비워두는 게 현명하다. 그래봤자 집으로 되돌아오는 차 안에서 배가 불러 간신히 숨만 쉬고 있을 게 뻔하지만.

집에 도착하니 저녁 8시. 저녁 먹을 시간이 지났지만 여전히 배가 불러 먹고 싶은 생각이 없다. 하지만 밤이 되면 아쉬워질지 모르니 간단하게라도 먹어야겠지. 아주 담백하거나 아주 매운 걸로 조금만 먹고 싶다고 하니 남편이 의기양양하게 외친다.

"그럼 불닭볶음면이 딱이네."

난 떡볶이를 먹으러 가자고 말하려 했는데.... 10년이나 같이 살았는데도 텔레파시가 전혀 통하지 않는다. 남편은 신나게 냄비에 물을 넣은 후 가스불에 올려놓는다.

불닭볶음면은 삼양에서 2012년 출시된 라면으로 매출에 큰 기여를 하고 있다고 한다. 워낙 매운 라면으로 소문이 나 있기에 해외에서도 불닭볶음면 먹기에 도전하는 유튜브 영상이 제법 올라온다고 한다. 표지 왼쪽에는 투블럭으로 한껏 멋을 낸 암탉 한 마리가 입에서 불을 뿜고 있는데 이름은 호치다. 닭을 포함한 조류들은 매운맛을 전혀 느끼지 못한다고 하니 호치는 라면을 먹고 매워서라기보다는 화가 나서 불을 내뿜고 있는 게 아닐까? 액상스프에는 국내산 닭고기가 0.82% 들어 있다고 적혀 있다. 호치는 왜 자신의 몸을 불에 볶느냐고 무언의 항변을 하는 게 아닐까? 국내산에는 닭고기가 들어갔지만 수출용은 닭고기가 전혀 없는 비건식이라고 한다. 국내용도 닭고기를 좀 빼주시면 안 될까요?

라면 표지는 전체가 검은색이다. 우측 상단 뚝배기엔 시뻘건 라면이 담겨 있고 그 아래 '불닭볶음면 화끈한 매운맛!'이라 적혀 있는데 검은 바탕색과 대비되어 글자가 눈에 잘 들어온다. 지금까지 다룬 라면 표지 디자인은 라면이 담긴 그릇은 실제 사진으로 찍혀 있고 나머지가 이미지로 표현되었는데 불닭볶음면은 표지 전체를 그래픽으로 작업한 것 같아 새롭다.

불닭볶음면은 물에 면을 끓여 물을 조금만 남기고 따라버린 후 액상스프와 후레이크를 넣어 비벼먹는 비빔면 방식이다. 라면이 완성되었다. 한번 먹어볼까? 호로록. 라면 국물을 조린 맛이 난다. 달콤하면서도 짜다. 생라면에 묻은 스프 맛 같기도 하다. 입 안이 얼얼하긴 하지만 생각했던 것보다는 먹을 만하다. 단짠단짠이라는 표현이 딱 맞는 라면이다. 후레이크에 들어 있는 김가루와 참깨가 라면 맛과 색감을 살리는 데 한몫을 한다. 살짝 카레 맛과 향이 느껴져 살펴보니 원재료명 목록에 치킨카레맛베이스가 들어가 있다. 치킨과 카레라. 궁합이 좋군.

음식의 궁합을 생각하니 떡볶이와 쿨피스가 떠오른다. 매운 떡볶이를 먹을 때 쿨피스를 함께 먹는 이유는 무엇일까? 우유에 들어 있는 카제인은 매운맛 성분인 캡사이신을 녹인다고 한다. 쿨피스에는 탈지분유가 들어 있어 떡볶이의 매운맛을 감소시켜 준다. 매운 음식을 먹어 고통스러울 땐 매운 것과 전혀 다른 음식을 먹는 게 도움이 된다. 우유, 야채, 밥, 빵 등은 입 안의 매운맛을 제거하는 데 효과적인 음식이다. 맵다고 탄산음료를 마시면 불난 집에 부채질하는 꼴이 되고 만다. 캡사이신 성분으로 민감해진 구강점막을 탄산이 다시 자극해 통증이 오히려 심화되기 때문이다. 매운 음식을 먹다 보면 매운 걸 완화시키기 위해 다른 걸 곁들여 먹기 때문에 금방 배가 불러온다.

매운맛을 대비하여 오이를 잔뜩 썰어 놓았다. 라면 하나를 끓여 남편과 나눠 먹고 있는데 오이는 이미 두 개째 먹고 있으니 그야말로 주객전도. 배가 부른 게 라면 때문인지 오이 때문인지 알 수 없다.

맵기 · ●●○○○
특징 · 고소한 참기름 맛
추천 · 무겁고 자극적인 것보다 고소하고 가벼운 맛을 선호하는 분

25

참
깨
라
면

비 내리는 여름의 주말 오후, 타닥타
닥 빗소리를 들으며 집에서 뒹굴거리고 있다면 감자전
을 만들 시간이다. '비 + 여름 + 햇감자 + 휴일'은 감자전
을 부치기 위한 최고의 조합이니까. 약속 하나 없는 주말
오후, 소파에 누워 라디오에서 흘러나오는 핑크 마티니의
'splendor in the grass'를 들으며 비바람에 흔들거리는 창

밖의 나무들을 바라보고 있자니 역시 감자전이 떠오른다.

"자기야, 감자전 해먹자."

요리는 자주 할수록 익숙해지기 때문에 살림 연차가 쌓일수록 맛과 시간 면에서 유리하다. 하지만 강판에 감자를 갈아야 하는 감자전은 한 살이라도 젊을 때 부지런히 해먹는 게 좋다. 오십견이 오고, 관절이 아프고, 팔 마디 마디에 힘이 없어 강판에 감자를 가느니 차라리 안 먹고 말겠다고 선언하는 날이 머지않아 닥칠 터이니. 믹서기에 갈면 되지 왜 사서 고생을 하냐고 물으신다면 강판에 박박 간 감자전을 꼭 한번 드셔보시고 다시 질문해 주시면 감사하겠다.

나물 무침만 손맛이 중요한 게 아니다. 감자전이야말로 전적으로 손맛이 맛을 좌우한다. 우리 엄마는 감자전을 끔찍하게 좋아하는 아빠를 위해 햇감자가 나오면 감자를 믹서기에 갈아 감자전을 부친다. 엄마도 아빠도 감자를 직접 강판에 갈기에는 힘이 부치니 어쩔 수 없이 믹서기 힘을 빌리지만 나는 매번 감자전을 해먹었다는 아빠 목소리에서 숨겨진 아쉬움을 포착한다.

나보다 튼튼한 남편 손에 햇감자 네 알과 강판을 쥐어준다. 남편은 비장한 표정으로 감자를 하나씩 갈기 시작한다. 감자를 다 갈면 감자 전분이 생기는데 고인 물만 살짝 따라 버린다. 감자에 부침 가루 두 숟가락(순수하게 감자만 부쳐도 된다.)과 소금을 조금 넣고 청양고추를 쫑쫑 썰어 넣는다. 감자를 갈고 마지막에 남은 자투리 감자 4조각은 쫑쫑 썰어 감자전 부칠 때 모서리에 놓고 함께 구우면 된다.

잘 달궈진 팬에 기름을 넉넉히 두르고 잠시 기다린다. 기름 온도가 올라가면 국자로 감자를 듬뿍 떠서 팬에 올린 후 평평하게 펴 준다. 실패 없이 뒤집으려면 감자전 크기는 둥그런 팬의 80%만 채우는 것이 좋다. 이제 인내심을 갖고 기다린다. 뒤집고 싶은 마음이 슬슬 든다면, 이때 좀 더 참아야 한다. 감자전이 지글지글 익는 모습을 들여다보다 남편이 말한다.

"참깨라면이랑 같이 먹으면 잘 어울리겠는걸."

"흠. 그러려나?"

참깨라면은 1994년 오뚜기에서 처음 출시되었는데 일반 라면답지 않게 고소하여 옛날부터 좋아했던 라면이다. 참깨라면이라면 온유하고 담담한 감자전 맛을 해칠 것 같지 않겠다는 생각이 든다. 남편은 신나게 참깨라면을 끓이기 시작한다.

노란색 라면 표지가 참깨라면의 고소함을 물씬 살려준다. 초록색으로 중앙에 쓰인 '참깨'라는 글자가 참으로 참깨스럽게 생겼다. 단정하면서도 귀엽다는 말이다. 라면 그릇 위에는 '계란이 들어있어요!'라고 적혀 있는데 진짜 계란은 아니고 압축된 계란 블록이 들어 있다. 이름은 참깨라면인데 어째 주인공인 참깨보다 계란 비중이 더 큰 느낌이다. 그럼 참깨 비중은 얼마나 될까? 면발에는 참깨 0.12%, 스프에 참깨 2.2%가 들어 있다고 적혀 있다. 나쁘진 않군. 다 끓인 후 넣는 유성스프는 참기름과 고추기름으로 이루어져 있는데 고소하면서도 매운맛을 살리는 역할을 한다.

감자전도 노릇노릇하게 익었고 라면도 다 끓었다. 이제 맛을 볼 시간. 감자전을 한 입 먹어본다. 쫀득쫀득하고 고소한 감자의 맛. 순수하고 담백한 감자 맛이 입 안에 가득하다. 라면을 한 입 먹어본다. 고소하면서도 매콤한 라면의 맛, 계란지단과 참깨 맛이 느껴진다. 와. 정말 둘이 잘 어울리는걸.

참깨라면은 계란 블럭과 조미 참기름 때문에 밥 말아먹

을 때 가장 맛있는 라면으로 손꼽히기도 한다지만 감자전
과도 잘 어울린다. 감자전과 참깨라면을 먹으며 빗소리를
듣고 있자니 기쁨이 참깨처럼 타다닥 타닥 터진다.

맵기 · ○○○○○
특징 · 고깃집에서 파는 후식 냉면 국물 맛
추천 · 집에서 고기 굽고 후식 냉면으로

26

둥
지
냉
면

우리 부모님께 드디어 집이 생겼다. 아버지 69세. 어머니 67세. 일흔이 다 되어서야 처음으로 부모님 명의로 된 집을 갖게 되셨다. 오랫동안 내가 가장 바랐던 소망이 이루어져 얼마나 기쁜지 모르겠다. 지나가는 사람 아무나 붙잡고 우리 부모님도 드디어 집이 생겼다고 말해주고 싶은 충동이 불쑥불쑥 든다. 몇 년 전 나와 남편 명의로 된 집을 처음 샀을 때처럼 마음이 설레어 잠이 오지 않는다. 행복이 콸콸 넘쳐 자꾸 웃음이 난다.

부모님의 첫 집이지만 지어진 지 15년 된 아파트이기에 약간의 리모델링이 필요했다. 부모님의 따뜻한 보금자리를 위해 나는 말 그대로 두 팔을 걷어붙이고 집을 보수하기 시작했다. 가구 고르기, 에어컨 고르기, 보일러 고르기, 조명 고르기, 커튼 고르기, 이사업체 선정, 도배업체 선정, 욕실 공사 업체 선정, 입주청소 선정.... 고르고 확인하고 처리해야 할 일들이 파도처럼 몰려왔지만 정신을 바짝 차리고 하나씩 하나씩 해결해 갔다. 그 와중에도 틈틈이 맥시멀리스트인 엄마를 설득하여 짐을 줄여나갔다. 이사 전과 이사 후 아빠와 의기투합하여 엄마 몰래 버린 물건과 가구가 족히 1톤(?)은 되었을 거다. 여기서 포인트는 없어진 물건들을 엄마가 지금까지 눈치채지 못한다는 사실이다.

드디어 모든 일이 끝났다. 부모님은 천안에서 수원으로 무사히 이사를 하셨고 헌 집이 새집으로 변한 광경을 보고 놀라워하셨다. 엄마 아빠가 거실 소파에 나란히 앉아 창밖의 하늘을 바라보시며 "집 참 넓고 좋다." 말하시니 눈물이

둥지냉면

났다. 이제 더 이상 이사하지 않으셔도 되니 부모님만의 따뜻한 둥지에서 건강하게 오래오래 사세요.

예전에는 아무 생각 없었는데 부모님이 이사를 하신 지 얼마 안 되어 그런지 둥지냉면을 보며 괜히 마음이 울컥한다. '둥지'가 이렇게도 따뜻하고 아늑한 단어였다니. 2008년 농심에서 나온 둥지냉면은 일반 상온에서 간편하게 휴대할 수 있도록 개발한 제품이다. 왜 둥지냉면인가 하면 면발이 새 둥지처럼 동그랗게 말려 있기 때문이다. 이는 농심이 야심차게 개발한 네스팅(Nesting) 공법을 사용한 것이라고 한다. 네스팅 공법이란 갓 뽑은 면에 뜨거운 바람을 쐬어 새 둥지 모양으로 건면을 만드는 기술이다.

푸른색 바탕에 '둥지 냉면 동치미물냉면'이라는 글자가 반듯하게 적혀 있다. 뒷면을 보니 '국산 배와 국산 무를 넣어 더 시원한 동치미 육수'라고 설명을 달아놓았다. 동해 바다 색을 띤 대접에는 냉면이 수북이 담겨 있고 그 위에 소고기, 오이, 달걀지단이 사붓이 올라가 있다. 살얼음이 낀 육수와 말린 무가 둥둥 떠 있는 냉면 사진은 정말 먹음직스러워 보인다. 실제로는 그림처럼 맛있지는 않겠지만.

면을 끓여보자. 끓는 물에 면과 고명을 넣은 후 3분간 끓인다. 말린 무와 말린 오이가 들어 있는데 오이는 말린 단호박처럼 생겼다. 설명에 따르면 육수를 건면이 담긴 플라스틱 사각 통에 붓고 찬물 260ml를 넣어 섞으라고 되어 있다. 하지만 나는 유리 계량컵에 육수를 붓고 대충 찬물을 섞은 후 냉동실에 잠시 두기로 한다. 영양정보를 보니 당류가 21g 들어 있다. 각설탕 7개 분량이다. 다른 라면에 비해 당이 훨씬 많다. 살펴보니 육수에 액상과당이 잔뜩 포함되어 그렇다. 국물 맛을 추측할 수 있겠군.

면이 다 끓었다. 삶은 면은 찬물에 바락바락 씻어 헹궈야 한다. 면 표면에 있는 전분의 미끌미끌함을 완전히 제거해야 끈적거리지 않는 쫄깃쫄깃한 면을 맛볼 수 있다. 면기에 면을 넣고 냉동실에 있던 육수를 꺼내 붓는다. 호로록. 면발을 한 입 먹어본다. 쫄깃쫄깃하다. 국물을 한 입 먹어본다. 달달하면서 짭짤하다. 고깃집에서 나오는 후식 냉면 맛과 별 차이가 없다. 육수가 살짝 언 얼음이 아니라는 것만 제외하면. 둥지 냉면아, 맛도 좋긴 하지만 이름만으로도 100점을 주고 싶어.

부모님께 드디어 집이 생겼다.
둥지 냉면아,
맛도 좋긴 하지만
이름만으로도 100점을 주고 싶어.

맵기 · ●●●○○
특징 · 중국산 건조 김치가 들어있음
추천 · 썰어놓은 김치가 똑! 떨어졌다면

27

김치라면

에너지가 바닥났다. 아침에 눈을 떴
는데 몸을 움직일 수 없다. 부모님 이사 준비와 이사 후 정
리를 돕느라 몇 주 동안 철인처럼 일을 했더니 몸 안에 있
던 기운이 몽땅 빠져나가 버렸다. 내 이럴 줄 알았지. 그래
도 오래 버텼다고 생각하며 다시 눈을 감고 잠을 청한다.

결혼 후 나의 '에너지 고갈' 상태를 여러 번 경험한 남

편은 능숙하게 혼자 아침을 차려 먹고 잎이 마른 화분에 물을 주고 옷을 챙겨 입은 후 출근한다. 자다 일어나 점심은 꼭 먹고 다시 자라는 당부도 잊지 않는다. 하루 종일 자다 깨어 바나나를 하나 까먹고 또 잠들고를 반복하며 휴식을 취했지만 여전히 힘이 나지 않는다. 손가락 하나 까딱하는 것도 귀찮다.

"저녁에 라면 먹자."

회사에 있는 남편에게 문자를 보낸다.

"앗싸. 그럼 이따 내가 끓일게."

남편에게서 답장이 온다.

라면과 김치는 파전과 동동주처럼 사이좋은 한 쌍이다. 둘 중 하나만 있으면 왠지 허전하고 섭섭한 기분이 든다. 하지만 라면에 김치를 썰어 넣거나 라면과 김치를 따로 따로 먹는 것조차 피곤한 날에는 라면과 김치를 결합한 김치라면이 대안이 될 수 있다. 따라서 지금 남편이 끓이고 있는 라면은 김치라면이다.

오뚜기에서 나온 김치라면은 건더기 후레이크 없이 면과 스프가 전부다. 스프에 중국산 건조 김치가 포함되었는데 8.3% 들어 있다. 상당한 양이다. 포장지는 전체가 빨간 김치 색이고 하얀 도자기 그릇에는 라면이 담겨 있다. 라면 위엔 대파, 느타리 버섯, 홍고추, 청고추, 생김치가 올려져 있다. 군침이 돈다. 라면이 다 끓었다. 국물을 한 입 떠먹어본다. 포장지에 적힌 대로 '시원 칼칼'한 김치 맛이 물씬 느껴진다. 라면을 한 입 먹어본다. 김치 맛이 느껴진다. 평범하지만 평범해서 좋은 김치라면.

김치를 싫어하는 사람도 있지만 여전히 수많은 한국인에게 김치의 존재는 너무 막강해서 냉장고에 당연히 혹은 반드시 있어야만 하는 식재료다. 잘 익은 신 김치만 있으면 냉장고에 반찬이 다 떨어져도 괜찮다. 김치찌개, 김치볶음밥, 김치전을 해 먹으면 되니까.

어느 날인가 냉장고가 텅 비어 저녁식사로 갱죽(갱시기죽)을 끓이고 있었다. 경상도와 충청도에서 주로 먹는 갱죽은 찬밥에 김치와 콩나물 등의 야채를 넣고 물 혹은 육수를 부어 쌀알이 풀어질 때까지 푹 끓이는 음식이다. 잘 익은 김치 냄새가 부엌을 가득 채우기 시작할 무렵 딩동 가스 점검원이 오셨다. 가스 점검을 마치신 직원 분이 보글보글 끓고 있는 갱죽을 보더니 "맛있겠어요. 남편 분은 좋으시겠네요." 하시며 나가셨다.(사실 남편은 갱죽이 약간 개밥 같아 보인다며 썩 좋아하지 않는다. 같은 충청도 사람끼리 왜 이래!) 그렇다. 김치는 찬밥과 육수만 있더라도 그들과 결합하여 맛있는 음식으로 탈바꿈할 수 있는 존재이다.

김치가 한국인 밥상에 올라온 건 언제부터일까? 김치는 배추를 소금에 절인 것이다. 채소 절임 같은 장아찌는 삼국 시대부터 있었으나, 오늘날과 같이 통배추에 마늘, 파, 부추 등 각종 양념을 넣어 절인 형태는 조선 시대 후기에 만들어진 것이라고 한다.

김치는 배추김치도 있지만 무김치도 빼놓을 수 없다. 지방과 가정에 따라 담그는 방법이 워낙 다양하여 맛의 우열 또한 가릴 수가 없다. 임경섭의 시 '처음의 맛' 시구처럼 '김치는 써는 소리마저 모두 다를 수밖에' 없기 때문에 어렸을 때부터 집에서 먹어왔던 김치가 가장 익숙하면서도 맛있는 김치일 것이다.

김치는 종류도 많고 맛도 다채로운 데다 영양학적으로도 매우 우수하다. 발효된 김치는 항산화 효과가 높아 나쁜 바이러스가 인간 몸 안으로 침투하는 것을 막아준다고 한다. 또한 채소에 있는 식이섬유, 비타민, 무기질 등을 그대로 섭취할 수 있어 우리 몸을 튼튼하게 만든다. 천하무

적 김치를 넣어 라면을 만들었으니 대충 만들어도 기본은
한다. 김치 국물 맛이 나는 따뜻한 김치라면을 먹으니 약
간 기운이 나는 것 같다. 힘을 내서 다시 자야겠다.

맵기 · ●●○○○
특징 · 하얀 국물
추천 · 매운 건 못 먹지만, 짬뽕은 먹고 싶다면

28

나
가
사
끼

짬
뽕

한 달째 장마가 계속되고 있다. 8월에 장마라니. 7월 말에서 8월 초는 여름 중 가장 무덥기도 하거니와 학원 방학들도 그때 집중되어 있어 그에 맞춰 전국적으로 휴가를 떠나는 분위기다. 코로나로 인해 집 바캉스를 택한 사람들도 있지만 주변을 둘러보니 여전히 많은 이들이 국내 여행을 떠났다. 비가 오지 않아 뜨거운 태양 아래에서 몸을 태우며 축 늘어져 있는 것이 가능한 지역이 있는 한편, 기록적인 폭우로 집이 무너지고 도로가 잠겨 어려움을 겪는 지역도 많다. 수해를 당한 분들도 걱정되고 이상 기후 변화를 보이는 지구도 걱정된다.

제습기로 빨래를 말리고 선풍기와 에어컨으로 집안의 눅눅함을 제거하다 보면 상큼한 오이지가 먹고 싶다. 오독오독 씹는 맛도 좋고 새콤달콤한 맛이 기분을 상쾌하게 한다. 김훈 작가는 〈오이지를 먹으며〉에서 오이지를 이렇게 평가한다. "오이지는 새콤하고 아삭아삭하다. 오이지의 맛은 두 개의 모순의 결합이다. 맛의 깊이와 맛의 경쾌함이다." 깊은 맛을 내면서도 경쾌함을 가진 오이지의 매력 때문에 매년 5월 말이 되면 집집마다 조선 오이(백오이)가 수북이 쌓인다. 나는 어머님이 담가 주시는 오이지를 먹으려고 초조하게 기다린다. 어머님은 쪼글쪼글하면서도 반듯하고 예쁜 모양의 오이지를 주며 말씀하신다. "이 오이지는 물 한 방울도 안 들어갔어. 오이 자체에서 수분이 나왔다니깐. 설탕 대신 물엿을 넣어봤는데 맛이 어떠니?" 당연히 끝내주게 맛있다.

하염없이 내리는 비를 바라보니 상큼한 오이지가 먹고

싫어졌고, 오이지와 어울리는 음식이 뭐가 있을까 생각하다 삼양에서 만든 나가사끼 짬뽕을 끓였다. 일본에는 수많은 지역이 있는데 왜 나가사끼 짬뽕일까? 나가사키는 휘어 있는 오이지처럼 기다란 일본 땅에서 아래쪽 끝부분에 위치한다. 한국의 목포나 나주쯤 되는 위치라고나 할까. 어원에 대해서는 여러 설이 있으나 라면 뒤표지에 적혀 있는 유래에 따르면 "19세기말 일본 나가사키 지역의 중국인 요리사가 동포 고학생들의 배곯는 현실을 안타까워하여" 만든 국수라고 한다.

나가사끼 짬뽕은 한국의 시뻘건 짬뽕 국물과는 정반대인 하얀색이다. 한국식 짬뽕은 고추기름으로 재료를 볶고 고춧가루로 매운맛을 내지만, 일본식 짬뽕은 돈골 육수를 우려내어 깊은 맛을 낸다. 둘 다 해산물을 넣는 건 비슷하다. 한국의 일부 중식당에서는 백짬뽕이라는 이름으로 판매하기도 한다.

라면을 끓여보자. 보글보글 라면 끓는 소리와 빗소리의 어울림이 좋다. 표지는 전체적으로 건빵색이다. 나가사끼 제목은 기다란 나무도마 같은 판자 위에 명패처럼 적혀 있다. 중앙 아래쪽에 있는 라면 그릇에는 홍합, 바지락, 새우, 목이버섯, 청경채, 양파가 올라가 있다. 원재료명을 살펴보니 표지 그림에서 보이는 재료 중 별다른 가공을 거치지 않고 자연에서 난 그대로 들어갔을 거라 추측되는 건 청경채와 목이버섯이다. 나머지는 새우엑기스분말, 채소풍미유 등으로 표시되어 있어 내용물을 눈이 아닌 혀끝에서만 맛볼 수 있을 것이다.

라면이 다 끓었다. 닭 육수를 우려낸 듯 뽀얀 국물에 하얀 면발이 보인다. 한 입 먹어본다. 짭짤하다. 국물을 한 입 떠먹어본다. 짭짤하다. 매운맛은 없지만 은은하게 얼큰하다. 밥 말아먹으면 맛있겠다. 남편은 구운 오징어 맛이 난다고 한다.(왜 맨날 구운 오징어 맛만 나니?) 면이 짬뽕 면처럼 쭉쭉 뽑은 게 아니라 구불구불한 면발이라 돈코츠 일본 라면을 먹는 것 같기도 하다.

나가사끼 짬뽕을 먹다 보니 조금 느끼해지려 한다. 이래서 오이지가 필요한 거다. 오이지를 하나 입에 넣는다. 오독오독. 상큼하고 발랄한 이 맛. 라면 한 입, 오이지 한 입. 맛의 조합이 좋다. 매운 짬뽕이 아니어서 오이지 맛이 잘 느껴진다. 단점은 둘 다 짠맛이 강해 먹고 나면 자꾸 물을 마시게 된다는 것.

맵기 · ●●●○○
특징 · 브로콜리가 들어있음
추천 · 기호가 다른 여러 명과 함께 라면을 먹을 때

29

맛
있
는

라
면

"고모는 배스킨라빈스 아이스크림 중에 뭐가 젤 맛있
어?"

"응? 뭐가 제일 맛있냐고? 어... 뭐가 제일 맛있냐면...."

부모님 댁에서 동생 가족과 점심을 함께한 후 집으로
돌아가는 길이었다. 현관에서 40개월 된 조카가 신발 신
는 걸 도와주고 있는데 갑자기 그렇게 어려운 질문을 던지

다니. 피스타치오 아몬드? 망고탱고? 엄마는 외계인? 체리 쥬빌레? 슈팅스타? 초콜릿 무스? 무슨 맛이 '가장' 맛있는지 빠르게 머리를 굴려보나 짧은 시간 내에 답을 할 만한 질문이 아니다. 이럴 때 쓸 수 있는 비장의 무기는 질문 되돌려주기.

"우리 하율이는 뭐가 제일 맛있어?"

"응. 나는 베리베리 스트로베리."

한 치의 주저함 없이 명쾌하게 답을 하는 조카가 부러워지는 순간이었다. 31가지 맛 중에서 조카가 맛본 아이스크림은 몇 개 되지 않기에 그중 가장 맛있는 맛을 고르는 건 비교적 쉬울 것이다.(동생에게 물어보니 딱 한 번 데려갔다고 한다.) 하지만 아이스크림 명칭은 모두 다르나 맛은 비슷비슷한 31가지 맛을 모두 먹어본 내가 그중 하나를 고르는 건 쉽지 않다.

자원이 풍부한 시대에 살고 있는 현대인들은 선택지가 너무 많아 무엇을 골라야 할지 난감할 때가 있다. 시리얼 하나를 고르려 해도 비타민이 첨가된 시리얼, 칼로리를 줄인 시리얼, 건조 과일을 넣은 시리얼, 단맛을 줄인 시리얼, 쌀가루를 첨가한 시리얼 등등 종류가 수도 없다. 모든 면

맛있는 라면 ──────

에서 기호가 확실한 사람은 아무 문제가 없겠지만 나처럼 음식 앞에서 한없이 너그러워지고 호기심 많은 사람은 최선의 시리얼을 선택하기 위해 잠시, 혹은 오래 멈춰 서서 고민해야 한다. 고민이 깊어지면 가공식품은 몸에 좋지 않다는 결론을 내리고 시리얼을 사지 않는 최악의 선택을 하기도 한다.

오늘이 그런 날이다. 남편이 무슨 라면 먹을래? 물어보았을 때 딱히 먹고 싶은 라면이 생각나지 않는다. 이럴 때 삼양에서 나온 '맛있는 라면'은 최고의 선택이 될 수 있다. 어찌 되었든 라면은 맛있을 테니 말이다.

남편이 대학에 다닐 때 후문에 밥집이 하나 있었는데 상호명이 '아무거나 식당'이었다고 한다. 신입생이 들어오면 선배가 "뭐 먹을래? 맛있는 거 사줄게." 물어보았고 예의 바른 신입생은 "아무거나 좋아요."라고 대답했다고 한다. 그러면 선배는 씨익 웃으며 후배를 데리고 '아무거나 식당'에 갔고, 그 식당은 거의 모든 종류의 음식이 다 있는 밥집이었다고 한다. 음식 맛은 괜찮았다고 하니 다행이다.

맛있는 라면이라니. 제목에서 느껴지는 저 당당함이

좋다. 어쩜 저렇게 자신감이 넘칠까, 살펴보니 60여 가지 재료를 듬뿍 넣었단다. 6가지도 아닌 60가지라니. 사실이 라면 자부심을 가질 만도 하다. 푸른빛이 도는 하얀색 바탕의 표지에는 '풍부하고 신선한 재료를 첨가한 프리미엄 라면'이라 적혀 있고 그 아래 다양한 야채들이 그려져 있다. 현재까지 먹은 라면 중 라면 그릇이 그려져 있지 않은 유일한 라면이기도 하다. 수많은 재료들이 모여 한 그릇 라면이 된다는 걸 표현하고 싶은 게로군.

라면을 끓여보자. 원재료명을 보니 본래 모습 그대로 가공된 야채는 6가지이다. 나머지 54가지 재료는 스프에 압축되어 있나 보다. 면발에는 참깨분말과 감자전분을 첨 가하였다고 한다.

라면이 다 끓었다. 남편이 한 입 먹어본다. 호로록. 맛 이 어떠냐고 물으니 안성탕면 맛과 비슷하다고 한다. 나도 한 입 먹어본다. 어떤 라면과 비슷한지는 모르겠지만 맛있 는 라면 맛이 난다. 맵지도 않고 싱겁지도 않은 적당히 짭 쪼름한 라면 맛. 다른 라면에 비해 건더기가 풍부하다. 라 면에서 브로콜리를 발견한 것도 처음이다. 딱히 흠잡을 만 한 데가 없다. 확실히 이름만큼 맛있는 라면이긴 하다. 기호가 각기 다른 여러 명과 함께 라면을 먹어야 하는 상황이 온다면 고민하지 말고 맛있는 라면을 끓여야겠다.

맵기 · ○○○○○
특징 · 분명 라면인데 미역국 맛이 남
추천 · 생일상 차려줄 사람 없는 솔로들

30

쇠고기미역국

　　　　　　　서른 개의 라면을 선정하여 나는 글
을 쓰고 남편은 라면 표지를 그리기로 계획했다. 드디어
마지막 라면 차례가 돌아왔다. 어쩌다 오뚜기 쇠고기미역
국 라면은 마지막이 되었나? 정답은 별로 맛있을 것 같지
않아서다. 왜 라면이 미역국 맛을 내려 한단 말인가? 라면
이 감히 미역국 자리를 넘보다니. 암만 생각해도 어울리지

않는다. 쇠고기미역국 라면 먹는 걸 계속 미루고 있었는데 어쩔 수 없이 끝을 내야 하는 시기가 도달했다.

쇠고기미역국 봉지를 뜯는 게 내키지 않는다. 표지 색감도 식욕을 떨어뜨린다. 미역이 주인공이라 어두운 초록색으로 전체를 덮어버렸는데, 미역 느낌은커녕 늪지대에 발을 푹 담근 것처럼 칙칙한 기분만 더해진다. '남해안 산청정미역 가득!' 문구와 '면 중 쌀가루 10% 첨가' 문구를 보아도 기분이 전혀 나아지지 않는다. 보글보글. 냄비에 물이 끓어 건더기 스프, 스프, 라면을 함께 넣는다. 스프는 액체 형태다. 액체 스프는 꾹 짜내면서 손가락에 묻을 가능성이 많다. 조심했지만 결국 엄지손가락에 거무죽죽한 액체가 묻고야 만다. 아 진짜. 액체 색깔을 보고 무엇을 연상했는지는 말하지 않겠다.

면발이 매우 얇다. 조리방법을 보니 2분만 끓이라고 되어 있다. 겨우 2분만 끓이라고? 2분 만에 건미역이 어떻게 불어날 수 있는지 의심하며 조리법을 다시 자세히 들여다본다. 처음부터 물과 건더기 스프를 함께 넣고 끓이라고 되어 있다. 평소 제품 설명서를 꼼꼼히 읽는 편인데 라면이라고 무시했더니 이럴 수가. 미역이 덜 익은 채로 먹게 생겼군. 될 대로 되라지. 어차피 식욕은 없어진 지 오래다. 라면이 다 끓었다.

면기에 라면을 담는다. 구수한 미역국 냄새가 난다. 라면 면발 사이에 미역이 상당하다. 옥수수 알맹이 크기의 다진 쇠고기 몇 개가 보인다.(이럴 거면 넣지를 마세요.) 미역이 11.2%, 쇠고기 3.8%가 들어 있다고 적혀 있다. 국물 색이 뽀얗다. 왠지 미역국 모양새가 난다. 국물을 한 입 떠먹어본다. 오. 미역국 맛이 나는데. 라면을 한 입 먹어본다. 미역이 덜 풀어지긴 했지만 먹기에 나쁘진 않다. 나처럼 조리법을 읽지 않는 이들을 위해 최대한 단시간에 풀어질 수 있도록 연구를 했나보다. 분명 라면인데 맛있는 미역국 맛이 난다.(설마 3분 미역국에 라면 면발만 추가해서 라면으로 만든 건 아니겠지.) 한국의 라면 기술은 정말 우수하구나.

맛있는 미역국의 핵심은 미역이 얼마나 '잘 풀어지는지'에 달려 있다. 만드는 방법은 단순하지만 시간이 좀 걸린다. 재료는 미역만으로 충분하다. 옛날에는 고기가 귀해 생일이 되면 미역국에 특별히 소고기를 넣고 끓였다지만 미역과 소고기는 그리 잘 어울리는 조합이 아니다. 불린 미역과 다진 마늘을 들기름에 충분히 달달 볶은 후 채소 꼬투리를 우려 낸 채수를 붓는다. 주물 냄비 뚜껑을 닫고 약한 불에 뭉근하게 끓여주면 되는데 면발이 풀어지려면 최소 1시간은 끓여야 한다. 오랫동안 뭉근하게 끓이다 보면 아련한 국물색이 우러나는데 이때 국 간장을 조금 넣으면 끝.

고소하면서도 깊은 바다 맛이 나는 미역국은 언제 먹어도 반갑지만 푹푹 찌는 한여름에 1시간씩 가스 불을 켜고 국을 끓이려면 미역보다 내 몸이 먼저 흐물흐물 풀어질지도 모른다. 쇠고기미역국 라면은 평소 미역국을 좋아하지만 형편상 끓이기 힘들 때 간편하고 맛있게 즐길 수 있는 대안이 될 수 있을 것이다.

간편하고 맛있게. 세상의 모든 라면이 지향하는 신조가 아닐까? 2022년 세계인스턴트라면협회는 1인당 연간 라면 소비량이 가장 많은 나라가 베트남이라고 발표했다. 1인당 87개를 먹는다. 그전까지는 한국이 줄곧 1위였는데, 코로나 상황으로 베트남 사람들이 집에 있는 시간이 늘어나며 한국을 앞질러 버렸다. 한국은 2위. 일 년에 한국 사람은 평균 몇 개의 라면을 먹을까? 73개다. 와우. 3위인 네팔은 55개다. 한국인의 라면 사랑은 다른 나라에 비해 여전히 높다. 라면. 몸에 좋지 않은 줄 알지만 자꾸 손이 가는 애증의 식품. 그동안 먹은 서른 개의 라면 봉지를 펼쳐본다. 모두 고마웠어. 앞으로도 잘 부탁해.

유자와 모과

책 읽기가 취미인 유자.
그림 그리기가 취미인 모과.
친구이자 부부로 함께 살면서
유자는 쓰고 모과는 그립니다.

유자 이하림 yyppp@naver.com
모과 이성룡 instagram.com/oftendraw

둘이서 라면 하나

2023년 7월 7일 초판 1쇄 발행

글·그림	이하림(유자), 이성룡(모과)
펴낸이	김영훈
편집	김지희
디자인	이은아
편집부	부건영, 강은미, 김영훈
펴낸곳	한그루
	출판등록 제6510000251002008000003호
	제주특별자치도 제주시 복지로1길 21
	전화 064-723-7580　전송 064-753-7580
	전자우편 onetreebook@daum.net　누리방 onetreebook.com

ISBN 979-11-6867-101-0 (03810)

본 도서는 카카오임팩트의 출간 지원금을 받아 만들어졌습니다.

값 15,000원